神也有时候吃硬不吃软。

只有红萝卜而不用棍子是不行的。

梁实秋 著

于是生活像极了生活

中国友谊出版公司

目录

辑一

处世

人的耐性是有限度的，谁的耐性小谁算是输了。

辑二

乐呵

小小的脑壳，里面能装进多少东西？

他们

辑三

这年头儿，彼此知道都还活着，实在不易。

辑四

闲谈

我想鬼还是在活人的心里。疑心生暗鬼。

食味

辑五

一饮一啄，莫非前定。

多少人栖栖惶惶地寻找饭碗，多少人蝇营狗苟地谋求饭碗，又有多少人战战兢兢地唯恐打破饭碗！

老年饱经世变，与人无争，只希望平平安安的有碗饭吃，就心满意足，所以在这时节送上饭碗一对，实在等于是善颂善祷，努力加飧饭，适合国情之至。

——梁实秋

处世

辑一

人的耐性是有限度的，谁的耐性小谁算是输了。

让座的惨剧

我尚未完全立起，那老太太早一眼瞥见，作饿虎扑吃状，直扑过来，并且伸出胳臂把我一拨，我险些儿跌到别人的身上去。

电车里让座，是我到上海来后五个月才发现的一件新闻。至于我自己实行这件美德，那就更是晚近的事了。我愿赌咒说一句良心话：我真不愿意让座，至少我的两条腿真不愿意让座。然而一个人不只是两条腿，所以我终于染了这一件不是从心眼里愿意做的美德。我这个人，又爱多事，没事的时候，喜欢看看报，于是乎知道现今有所谓男女平等运动者。这一来，不打紧，我在让座的时候，心里便有些不安起来。我唯恐不小心，触犯了女性的尊严，同时又叫我的腿白白受了委屈。话虽如此，一个二十多岁的人，骨头是长成了，有什么毛病也很难改，所以让座的这个习惯，我实行了一年多，几乎每天都不能免。日积月累，经验渐渐地宏富了。让座本来是个悲剧，在我这方面是悲剧，也许在对方是个喜剧，然而也有时竟演出惨剧来。容我慢慢道来。

一

一位中年妇人，看上去很像一位规规矩矩的妇人。因为她的装束，一点也不像上海人的装束。她走上车来，从许多块人肉中间挤来挤去，最后挂在我面前的那个藤钩上了。我当时就想此时不让，更待何时？于是乎，我便极力模仿漂亮的上海人的态度，抽身起来。哪里知道，我的身体离开座位不过才五六寸的样子，就觉得有两半个热烘烘的臀部从四十五度的斜角的方向斜射过来。定睛看时，原来是一位堂堂的大丈夫稳稳当当地坐在那里了。他的胆量真不小，抬起头来看看我。

二

乡下人脸上带幌子，一望而知。有一天，我在电车里，看见一位妇人，脸上的乡下人气一点也不曾洗掉，就和前两年的我差不多。后面还跟着一位男人，穿着白夏布大衫，满脸大汗，那大衫的袖口大概只有三四寸宽罢。这一对男女没有坐的地方，同时他们的模样也实在不像有令人让座的资格，所以在电车上竟东歪西倒地乱滚起来。其实他们离我还远，不干我的事，不过我本乡下人，不免有同类相怜之意，于是立起身来，喊那个妇人来坐。那妇人和那男子走了过来，看看只空出一个人的座位，那位穿白夏布大衫的人竟不假思索坐下去，那妇人也笑嘻嘻地认为是一个很满意的解决。然而我心中悲惨！

三

是一位头发斑白的老太太，又同着一位半老的太太，两位一面上车，一面叽哩呱啦地有说有笑，她们的四只眼睛像老鼠般地左右视察，不消说是寻座位了。我想她虽然是一个老太太，终究是个妇女，似乎也应该在必让之列。于是我又慷而且慨地立起身来。哪里晓得，我尚未完全立起，那老太太早一眼瞥见，作饿虎扑吃状，直扑过来，并且伸出胳臂把我一拨，我险些儿跌到别人的身上去。我当时心想，这位老太太平常不定是吃什么千龄机万龄机的，否则哪里来的偌大气力？然立定之后，再仔细观察，那两位太太都挤在我让出的那一个座上了。

像这样的惨剧不知有多少！若全写出来又未免太惨了。然而座还是不能不让的。除非有一天，男女真平等了，谁也不让谁座，或谁都让谁座，到那时候，惨剧就少了。

病

人在大病时，人生观都要改变。我在奄奄一息的时候，就感觉得人生无常，对一切不免要多加一些宽恕。

鲁迅曾幻想到吐半口血扶两个丫鬟到阶前看秋海棠，以为那是雅事。其实天下雅事尽多，唯有生病不能算雅。没有福分扶丫鬟看秋海棠的人，当然觉得那是可羡的，但是加上“吐半口血”这样一个条件，那可羡的情形也就不怎样可羡，似乎还不如独自一个硬硬朗朗到菜圃看一畦萝卜白菜。

最近看见有人写文章，女人怀孕写作“生理变态”，我觉得这人倒有点“心理变态”。病才是生理变态。病人的一张脸就够瞧的，有的黄得像讣闻纸，有的青得像新出土的古铜器，比髑髅多一张皮，比面具多几个眨眼。病是变态，由活人变成死人的一条必经之路。因为病是变态，所以病是丑的。西子捧心蹙颦，人以为美，我想这也是私人癖好，想想海上还有逐臭之夫，这也就不足为奇。

我由于一场病，在医院住了很久。我觉得我们中国人最不适宜于住医院。在不病的时候，每个人在家里都可以做土皇帝，佣仆不消说是用钱雇来的奴隶，妻子只是供膳宿的奴隶，父母是志愿的奴隶，平日养尊处优惯了，一旦他老人家欠安违和，抬进医院，恨不得把整个的家（连厨房在内）都搬进去！病人到了医院，就好像是到了自己的别墅似的，忽而买西瓜，忽而冲藕粉，忽而打洗脸水，忽而灌暖水壶。与其说医院家庭化，毋宁说医院旅馆化，最像旅馆的一点，便是人声嘈杂。四号病人快要咽气，这并不妨碍五号病房的客人的高谈阔论；六号病人刚吞下两包安眠药，这也不能阻止七号病房里扯着嗓子喊黄嫂。医院是生与死的决斗场，呻吟号啕以及欢呼叫嚣之声，当然都是人情之所不能已，圣人弗禁；所苦者是把医院当作养病之所的人。

但是有一次我对于我隔壁病房所发的声音，是能加以原谅的。是夜半，是女人声音，先是摇铃随后是喊"小姐"，然后一声铃间一声喊，由元板到流水板，愈来愈促，愈来愈高，我想医院里的人除了住了太平间的之外大概谁都听到了，然而没有人送给她所要用的那件东西。呼声渐变成嚎声，情急渐变成衷恳，等到那件东西等因奉此地辗转送到时，已经过了时效，不复成为有用的了。

旧式讣闻喜用"寿终正寝"字样，不是没有道理的。在家里养病，除了病不容易治好之外，不会为病以外的事情着急。如果病重不治必须寿终，则寿终正寝是值得提出来傲人的一件事，表示死者死得舒服。

人在大病时，人生观都要改变。我在奄奄一息的时候，就感觉得人生无常，对一切不免要多加一些宽恕。例如对于一个冒领米贴的人，平时绝不稍予假借，但在自己连打几次强心针之后，再看着那个人贸贸然来，也就不禁心软，认为他究竟也还可以算作一个圆颅方趾的人。鲁迅死前遗言“不饶恕人，也不求人饶恕”，那种态度当然也可备一格。不似鲁迅那般伟大的人，便在体力不济时和人类容易妥协。我僵卧了许多天之后，看着每个人都有人性，觉得这世界还是可留恋的。不过我在体温脉搏都快恢复正常时，又故态复萌，眼睛里揉不进沙子了。

弱者才需要同情，同情要在人弱时施给，才能容易使人认识那份同情。一个人病得吃东西都需要喂的时候，如果有人来探视，那一点同情就像甘露滴在干土上一般，立刻被吸收了进去。病人会觉得人类当中彼此还有联系，人对人究竟比兽对人要温和得多。不过探视病人是一种艺术，和新闻记者的访问不同，和吊丧又不同。我最近一次病，病情相当曲折，叙述起来要半小时，如用欧化语体来说半小时还不够；而来看我的人是如此诚恳，问起我的病状便不能不详为报告，而讲述到三十次以上时，便感觉像一位老教授年年在讲台上开话匣片子那样单调而且惭愧。我的办法是，对于远路来的人我讲得要稍为扩大一些，而且要强调病的危险，为的是叫他感觉此行不虚，不使过于失望；对于邻近的朋友们则不免一切从简诸希矜宥！有些异常热心的人，如果不给我一点什么帮助，一定不肯走开，即使走开也一定不会愉快。我为使他愉快起见，口虽不渴也要请他倒过一杯水来，自己做“扶起娇无力”状。有些道貌岸然的朋友，看见我就要脱离苦海，不免悟出许多佛门大道理，脸上愈发严重，一言不发，愁眉苦脸。对于这朋友我将来特别要借重，因为我想他于探病之外还适于守尸。

门铃

如果是野堂山居，必定门可罗雀，偶然有长者车辙，隔着柴扉即可望见颜色。“门前剥啄定佳客，檐外孱颜皆好山”，那是什么情景？

居住的地方不该砌起围墙。既然砌了墙，不该留一个出入的门口。既然留了门口，不该按上一个门铃。因为门铃带来许多烦恼。

门铃非奢侈品，前后左右的邻居皆有之，而且巧得很，所装门铃大概都是属于一个类型，发出哑哑的、沙沙的声音。一声铃响，就是心惊，以为有什么人的高轩莅止，需要仔细地倾耳辨别，究竟是人家的铃响，还是自己的铃响。一方面怕开门太迟慢待嘉宾，一方面怕一场误会徒劳往返，然而必须等待第二声甚至第三声铃响，才能确实分辨出来，往往因此而惹得来人不耐烦，面有愠色。于是我把门铃拆去，换装了一个声音与众不同的铃。铃一响，就去开门，真正的是如响斯应。

实际上不能如响斯应。寒舍虽非深宅大院，但是没有应门三尺之僮，必须自理门户，由起居之处走到门口也还有一点空间，空间即时间，有时还要脱鞋换鞋，倒屣是不可能的，所以其间要有一点耽搁。新的门铃响声相当洪亮，不但主人不会充耳不闻，客人自己也听得清清楚楚。很少客人愿意在门外多停留几秒钟，总是希望主人用超音速的步伐前来应门。尤其是送信的人，常常是迫不及待，按起门铃如鸣警报，一声比一声急。有时候沿门求乞的人，也充分地利用这一设备，而且是理直气壮地大模大样地按铃。卖广柑的，修理棕绷竹椅的，打滴滴涕的，推销酱油的，推销牛奶的，传教的洋人及准洋人，都有权利按铃，而且常是在最令人感觉不方便的时候来使劲地按铃。铃声无论怎样悦耳，总是给人以不悦快的预兆时为多，铃是为人按的，不拘什么人都可以按，主人有应声开门的义务，没有不去开门的权利。开门之后，一个鸠首鹄面的人手里拿着烂糟糟的一本捐册，缘起写得十分凄惨，有“舍弟江南死，家兄塞北亡”的意味，外加还有什么证明文件之类。遇到这种场面，除了敬谨捐献之外，夫复何良？然而这不是最伤脑筋的事，尤有甚于此者。多半是在午睡方酣之际，一声铃响，令人怵然以惊，赶紧披衣起身施施然出。开门四望，阒无一人，只觉阴风扑面，令人打一个冷战。一条夹着尾巴的野狗斜着眼睛瞟我一下匆匆过去，一个不信鬼的人遇见这样情形也要觉得心头栗栗。这种怪事时常发生，久之我才知道这乃是一些小朋友们的户外游戏之一种，“打了就跑”。你在四向张望的时候，他也许是藏在一个墙角正在窃窃冷笑。

有些人大概是有奇怪的收藏癖，喜欢收集各式各样的电铃的盖子，否则为什么门口的电铃上的盖子常常不翼而飞呢？这种盖子是没有什么其他的用场的，不值得窃取，只能像集邮一般地满足一种收藏的癖好。但是这癖好却建筑在别人的烦恼上。没有把你的大门摘走，已是取不伤廉，还怨的是什么？感谢工业的伟大的进步，有一种电铃没有凸出的圆盖了，钉在墙上平糊糊的只露出滑不溜丢的一个小尖头在外面供你按，但不能一把抓。

按照我国固有文明，拉铃和电铃一样有用，而烦恼较少。《江南余载》有这样一条：“陈雍家置大铃，署其旁曰：‘无钱雇仆，客至请挽之。’”今之拉铃，即其遗风。这样的拉铃简单朴素，既无虞被人采集而去，亦不致被视为户外游戏的用具。而且，既非电化器材，不怕停电。从前我家里的门铃就是这样的，记得是在我的祖父去世的那年，出殡时狮子“松活”的头下系着的几个大铜铃，扎在一起累累然挂在房檐下，作为门铃用。挽拉起来，哗啷哗啷地乱响，声势浩大。自从改装了电铃，就一直烦恼，直到于今。

这一切烦恼皆是城市生活环境使然。如果是野堂山居，必定门可罗雀，偶然有长者车辙，隔着柴扉即可望见颜色。“门前剥啄定佳客，檐外孱颜皆好山”，那是什么情景？

钟

这面钟没有给我送终，倒是六七年后，因空气潮湿而机器故障，我给钟送终了。

不知谁出的主意，重阳敬老。“礼多人不怪”，这也没有什么不好。照例，凡是年届耄耋的市民，市长具名致送一份礼物，算是敬老之具体表现。我已受过十几次这样的厚贶，包括茶杯、茶盘、盖碗、果盘、咖啡壶、饭碗、瓷寿桃、毛围巾之类。去年送的是时钟一具，礼物尚未出门，就先引起议论，有人“横挑鼻子竖挑眼”，说“钟”“终”二字同音，不吉，何况是送给不久一定就要命终的老人？此言一出，为市长办事的人忙不迭地解释说，不是钟，是计时器。

这计时器终于送出来了，而我至今并未收到。起初还盼望，想看看什么叫作计时器。是沙漏，是水漏，还是什么别的新鲜玩意儿？一天天过去，就是不见这份礼物送上门来。我知道，市长有他的左右，下面有局长，局长下面有科长，科长下面有科员、办事员，以至于雇员，办事讲究分层负责，随便哪一层出一点纰漏，或是区公所的办事人，或是公寓管理员，出一点什么差池，这个计时器就可能送不到小民的手中。我当然不便追索。向谁追索？去年的礼物没收到，还有今年的呢。

我不忌讳钟。前些年我搬家，就有朋友送我一个很大的壁钟，钟面四周饰以金光闪耀的四射光芒，很像古代美洲印卡族[①]所崇拜的太阳偶像。这面钟挂在壁上，发挥很大的功能，不仅使得蓬荜生辉，还使得枉驾的客人不至忘归。这面钟没有给我送终，倒是六七年后，因空气潮湿而机器故障，我给钟送终了。

我们中国的方块字，同音的太多。高本汉说："北京语实在是一种最可怜的方言，总共只有四百二十个音缀；普通的语词不下有四千个，这四千多个的语词，统须支配于四百二十个音缀当中。同音语词的增进，使听受者受了极大的困难，于此也可以想见了。"同音语好像并没有给我们带来什么极大的困难，倒是有人故意在同音语词中寻开心，找麻烦，"钟""终"即是一例。某省人好赌，忌讳"输"字，于是读书改称读"胜"。在某些地方，孩子若在麻将桌旁读书，被父母发现，会遭呵斥，认为那足影响牌桌上的输赢。读书是好事，但是谁愿意赌输？我在四川的雅舍门前有两株高大的梨树，结梨很少，而且酸涩，但是花开时节，一片缟素，蔚为壮观，我们从未想到梨与离同音不祥，事实上抗战胜利圆满还乡；如今回想"雨打梨花深闭门"的景象犹为之低徊不置。我回到北平之后，家里有两株梨树高过房檐，小白梨累累然高挂枝头，不幸家人误听谗言把两棵梨树连根砍去，但事实证明未能拯救我亲人离散的噩运！此地有一股歪风，许多人家喜

① 指印卡人，即"印加人"，是南美洲古代印第安人。——编者注

欢挂“福”字的猩红斗方，而且把“福”字倒挂着，大概是仿效报纸上寻人启事之把“人”字倒写，都是利用“到”“倒”二字同音，取个吉利。福字倒挂，福就真到了么？我到过一个人家，家道富有，陈设辉煌，可是一进玄关，迎面就是一个特大号的倒挂着的“福”字。我为之一惊。没过多久，这位福人竟驾鹤而去了！袁世凯本人并不忌讳元宵，奴才起哄，改称为汤团，可是八十三天之后袁氏仍然消灭了。

钟是很可爱的一样东西，由西方传进中土之后，一般家庭无不设置一座，名之为自鸣钟。我小时候，上房有一座大钟，东西厢房各一座小些的钟表，都有玻璃罩，用大铜钥匙上弦，每隔一刻钟，叮叮地发出一串小声，每隔一小时，当当地发出几声大响，夜深人静的时候满院子有此起彼落的钟响。座钟高踞条案的中央，是房间里最触目的一件陈设。后来游三贝子花园，登畅观楼，看到满坑满谷的各式各样的自鸣钟，总有百十来具，都是洋鬼子进贡的，这才大开眼界。鹧鸪钟由一只小鸟按时跳出来布谷布谷地叫，叫完了又缩回去，觉得洋鬼子确有他们的一套奇淫技巧，洋鬼子给大皇帝贡方物，不避送终之嫌，大皇帝亦不以为忤，后来还聚拢起来供人参观。如今地方官致送计时器还有什么可批评的？遗憾的是我没得机会见识一番。

垃圾

难以处理的岂止是门前的垃圾，社会上各阶层的垃圾滔滔皆是，又当如何处理？

人吃五谷杂粮，就要排泄。渣滓不去，清虚不来。家庭也是一样，有了开门七件事，就要产生垃圾。看一堆垃圾的体积之大小、品质之精粗，就可以约略看出其阶级门第，是缙绅人家还是暴发户，是书香人家还是买卖人，是忠厚人家还是假洋鬼子。吞纳什么样的东西，不免即有什么样的排泄物。

如何处理垃圾，是一个问题。最简便的方法是把大门打开，四顾无人，把一筐垃圾往街上一丢，然后把大门关起，眼不见心不烦。垃圾在黄尘滚滚之中随风而去，不干我事。真有人把烧过的带窟窿的煤球平平正正地摆在路上，他的理由是等车过来就会辗碎，正好填上路面的坑洼，像这样“好心肠”的人到处皆有。事实上每一个墙角、每一块空地，都有人善加利用，倾倒垃圾。多少人在此随意便溺，难道不可以丢些垃圾？行路人等有时也帮着生产垃圾，一堆堆的甘蔗渣、一条条的西瓜皮、一块块的橘子皮，随手抛来，潇洒自如。可怜老牛拉车，路上遗矢，尚有人随后铲除，而这些路上行人食用水果，反倒没有人跟着打扫！

我的住处附近有一条小河，也可以说是臭水沟，据说是什么圳的一个支流。当年小桥流水，清可见底，可以游泳其中；年久失修，渐渐壅淤，水流愈来愈窄而且表面上常漂着五彩的浮渣。这是一个大好的倾倒垃圾之处，邻近人家焉有不知之理。于是穿着条纹睡衣的主妇清早端着便壶往河里倾注；蓬头跣足的下女提着畚箕往河里倒土；还有仪表堂堂的先生往里面倒字纸篓，多少信笺、信封都缓缓地漂流而去，那位先生顾而乐之。手面最大的要算是修缮房屋的人家，把大批的灰泥、砖瓦向河边倒，形成了河埔新生地。有时还从上流漂来一只木板鞋，半个烂文旦，死猫死狗死猪涨得鼓溜溜的！不知是受了哪一位大人先生的恩典，这一条臭水沟被改为地下水道，上面铺了柏油路，从此这条水沟不复发生承受垃圾的作用，使得附近居民多么不便！

在较为高度开发的区域，家门口多置垃圾箱。在应该有两个石狮子或上马蹬的地方站立着一个四四方方的乌灰色的水泥箱子，那样子也够腌脏的。这箱子有门有盖，设想周到，可是不久就会门盖全飞，里面的宝藏全部公开展览。不设垃圾箱的左右高邻大抵也都不分彼此，惠然肯来，把一个垃圾箱经常弄得脑满肠肥。结果是谁安设垃圾箱，谁家门口臭气四溢。箱子虽说是钢骨水泥做的，经汽车三撞五撞，也就由酥而裂而破而碎而垮。

有人独出心裁，在墙根上留上一窦穴，装以铁门，门上加锁，墙里面砌垃圾箱，独家专门，谢绝来宾。但是亦不可乐观，不久那锁先被人取走，随后门上的扣环也不见了，终于是门户洞开，左右高邻仍然是以邻为壑。

对垃圾最感兴趣的是拾烂货的人。这一行夙兴夜寐，蛮辛苦的，每一堆垃圾都要加上一番爬梳的功夫，看有没有可以抢救出来的物资。人弃我取，而且取不伤廉。但是在那一爬一梳之下，原状不可恢复，堆变成了摊，狼藉满地，惨不忍睹。家门以内尽管保持清洁，家门以外不堪闻问。

世界上有许多问题永久无法解决，垃圾可能是其中之一，闻说有些国家有火化垃圾的设备，或使用化学品蚀化垃圾于无形，听来都像是《天方夜谭》的故事。我看了门口的垃圾，常常想到朝野上下异口同声地所谓“起飞”、所谓“进步”。天下物无全美，留下一点缺陷，以为异日起飞、进步的张本，不亦甚善？同时我又想，难以处理的岂止是门前的垃圾，社会上各阶层的垃圾滔滔皆是，又当如何处理？

天气

好像是一定要“春有百花秋有月，夏有凉风冬有雪”，才算是具有良辰美景赏心乐事。我看天公着实作难，怎样做都难得尽如人意。

熟人相见，不能老是咕嘟着嘴，总得找句话说。说什么好呢？一时无话可说，就说天气吧。“今天好冷啊。”“是呀，好冷好冷。”寒来暑往，天道之常，气温升降，冷暖自知，有什么好说的？也许比某些人见面就问：“您吃饭啦？”“您喝茶啦？”或是某些染有洋习的人之不分长幼尊卑一律见面就是一声“嗨！”要好得多。拿天气作为初步的谈话资料，未尝不可，我们自古以来，行之久矣，即所谓“寒暄”，又曰“道炎凉”。

天气也真是怪，变化无常。苦了预报天气的人。我看过一幅漫画，画着一位可怜巴巴的预报天气的人向他的长官呈递辞书。长官问他何故倦勤，他说：“天气不与我合作。”我看了这幅画，很同情他。他以后若是常常报出明天天气“晴，时多云，局部偶阵雨”，我不会十分怪他。天有不测风云，教谁预报天气，也是没有太大把握。不过说实话，近年来天气预报，由于技术进步，虽难十拿九稳，大致总算不错。预报正确，没有人喝彩鼓掌，更没有人发报鸣谢。预报离了谱，少不得有人抱怨，甚至大骂。从前根本没有什么天气预报之说，人人撞大运。北方民间迷信，娶妻那天若是天下大雨，硬说是新郎官小时候骑了狗！古人预测天气，有所谓“月晕而风，础润而雨”之说（见苏洵《辨奸论》）。谁能天天仰观天象，而且天上亦未必随时有月。至于础，础润由于湿度高，可能是有雨之兆，但是现代房屋早已没有础可寻了。西方人对于预卜天气也有不少民俗传说。例如：蝙蝠飞进屋，牛不肯上牧场，猫逆向舔毛，猪嘴衔稻草，驴大叫，蛙大鸣……都是天将大雨的征兆。有人利用蟋蟀的叫声，在十五秒内听他叫多少声，再加三十七，就等于那一天的气温（华氏表）。又有人编了四句顺口溜：

燕子飞得高，

晴天，天气好；

燕子飞得低，

阴天，要下雨。

西太平洋热带附近和中国海的台风是有名的。元忽必烈汗两度遣兵远征日本，不顾天时地利，都遭遇了台风而全军覆没，日本人幸免于难，乃称之为“神风”。我们知道台风是有季节性的，奈何忽必烈汗计不及此？我初来台湾，耳台风之名，相见恨晚，不过等到台风真个来袭，那排山倒海之势，着实令人心惊。记得有一年遇到一个超级的西北台风，风狂雨骤，四扇落地窗被吹得微微弯曲，有迸破之虞，赶快搬运粗重家具将窗顶住，但见雨水自窗隙汩汩渗进，无孔不入，害得我一家彻夜未能阖眼。于是听人劝告，赶制坚厚的桧木柙板，等到柙板做成，没有使用几次，竟无大台风来。我们总算幸运，没有北美洲那样强烈的飓风（即龙卷风），风来像一根巨柱，把整栋的房屋席卷上天！我们的台风来前，向有预报，这恐怕要感谢国际合作，以及卫星帮忙。虽然偶有来势汹汹而过门不入的情事，也乐得凉快一阵喜获甘霖，没得可怨。

人总是不知足。不是嫌太热，就是嫌太冷。朔方太冷，冰天雪地，重裘不暖，好羡慕“暖风熏得游人醉”的景况。炎方太热，朱明当令，如堕火宅，又不免兴起“安得赤脚踏层冰”的念头。有些地方既不冷又不热，好像是四季如春，例如我国的昆明便是其中之一，住在这种地方的人应该心满意足没话可说了。然而不然，仍然有人抱怨，说这样的天气过于单调，缺乏春夏秋冬的变化，有悖“天有四时”之旨。好像是一定要一年之中轮流地换着四季衣裳才觉得过瘾。好像是一定要“春有百花秋有月，夏有凉风冬有雪”，才算是具有良辰美景赏心乐事。我看天公着实作难，怎样做都难得尽如人意。

久晴不雨则旱，旱则禾稻枯焦。久雨不歇则涝，涝则人其为鱼。这就是靠天吃饭的悲哀。天气之捉弄人，恐怕尚不止此。据气象家的预测，如果太阳的热再加百分之三十，地球上的生物将完全消灭。如果减少百分之三十，地球将包裹在一英里厚的冰层内！别慌，这只是预测，短期内大概不会实现。

同乡

在清华有一位同班同学，是中等科唯一的厦门人，他只会说厦门话，在高等科还有一位厦门人，偶然过来陪他聊聊天。他在学校里就像是单独拘禁，不堪寂寞，不久他就疯了。

从前交通险阻，外出旅行是一件苦事。离乡背井，举目无亲，有无限的凄凉。所以，在水上漂泊的时候，百无聊赖，忽然听得有人在说自己的家乡话，一时抑不住心头的欢喜，会不揣冒昧地去搭讪，像崔颢《长干行》所说的，“停船暂借问，或恐是同乡”，说同一方言的人才是同乡，乡音是同乡之间最强有力的联系。

科举的时代，北平有所谓会馆者，尤其是宣武门外一带外省人士汇集的地区，会馆林立。进京赶考的人，泰半就在会馆挂单，饮食住宿都有了着落，而且有老乡照料，自然亲切。会馆是前辈乡贤所捐助设立的，确有其需要。后来科举废除，社会形态改变，会馆就渐渐消失了。有名的江西会馆，规模宏大，常是堂会戏上演的地方。我知道宣武门外北椿树胡同有一所很逼仄的徽州绩溪会馆，一度掌管事务的人却是胡适之先生。胡先生的同乡观念十分浓厚，他家里常有一群群的徽州老乡用没别人能懂的徽州方言和他话旧。就是他来到台湾以后，我有一次到南港拜访，座上先有一位客人是老胡开文笔墨店的后人。在上海时，胡先生曾邀几个朋友到二马路一家徽州菜馆小叙，刚一上楼就听见楼下一声吼叫，胡先生问："楼下账房先生方才吼叫的话，你们懂吗？他喊的是：'绩溪老倌，多加油啊！'在炒菜锅里额外加一勺油，表示优待同乡。我们家乡贫苦，平素是很少油吃。"随后端上来一盘划水鱼、一盘生炒蝴蝶面，果然油水不少，油漾到盘外。

我生长北平，说的是北平话，因此无需学习国语，附带着也没学习注音符号，一直到现在，ㄅㄆㄇㄈ还搞不太清楚。在清华读书的时候，每年全国本部十八省考选学生入学，各说各省的方言，无形之中各省的学生自成一个小组。唯独直隶省同乡最为散漫，我所认识的同乡，大部分是天津人，真正的北平同乡只有两个。可是，我不久就发现其中一位原来是满族人，另一位是蒙古族人。我的原籍是浙江，曾经正式向京兆大兴县公署申请入籍，承蒙批准在案。其实凡是会说地道北平话的人都可算是北平人。自从五胡乱华以来，北方民族混杂，北平又是几代为首都，人文荟萃，籍贯问题时常无从说起。能说国语的都是我们的同乡，因此我的同乡观念比较稀薄。在清华有一位同班同学，是中等科唯一的厦门人，他只会说厦门话，在高等科还有一位厦门人，偶然过来陪他聊聊天。他在学校里就像是单独拘禁，不堪寂寞，不久他就疯了。我了解，对于某些人同乡观念之难于消除是有理由的。

在异地遇同乡，是有一种不可抑制的喜悦。前年喜乐先生伉俪遇我，谈笑间才知道是北平同乡。我问：

"您在北平住在哪儿？"

"黄土坑儿。"

“什锦花园儿，对不对？”

“对。您呢？”

“内务部街。”

“灯市口儿，对不对？”

越说越对，于是谈起关于北平的陈谷子烂芝麻，一说就没个完，好像是又回到家乡里一趟。我在台北坐计程车，只有一次发现司机是北平人；不，是司机先发现我是北平人。我告诉他我要到什么地方，详加解释。他回过头频频看我，说：

“您是北平人吧？”

“是呀。”

“在北平住哪儿？”

“东四牌楼南边儿。”

“啊，我住北新桥儿，咱们住得很近嘛……”

于是，一路谈下去，不觉的到了目的地。我说：“零钱别找啦。”他望着我下车，许久许久才开车而去。

任何一个机关首长到任，总是要吸引几个同乡分担要职。人情之常，贤者不免。司印的、掌财的、管总务的都很重要，你难道要他放手交给陌生的不知底细的人去充当？无论如何，同乡总不至于像舅爷、连襟之类的裙带关系那样容易不理于人口。不过像美国卡特当政时，乔治亚帮之鸡犬升天，丑闻迭出，则又另当别论。大凡任何一个机关，若被人讥为会馆，总是不好看的。

林琴南《畏庐琐记》：“闽人喜操土音，每燕集，一遇乡人，即喋不已。然他省人无一能解者，故恶闽人刺骨。实则闽音有与古音通者。今略举数条，如……”闽音之与古音通，是众所周知的，但是古音非今人所能尽通，故闽语之流行仍被视为现今方言之一种。林琴南先生所谓他省人恶闽人刺骨，我想他省人不是不知闽音常与古音通，也不是恶闽人之操闽语，只是因为自己听不懂而困扰、而烦恼、而猜疑、而愤怒。我知道从前某一机关有两位谊属同乡的干部，他们时常交头接耳啜啜不休，所操土音无人能解，于是引人注意，疑其所谈必与苞苴有关，其中必定有弊，人言可畏，结果是双双去职。大抵在第三者面前二人以土音土语交谈，至少是不智而且不礼貌的行为。

推销术

什么东西都好抵抗，唯独诱惑最难抵抗。

一位朋友在美国旅行，坐在火车上昏昏欲睡，蓦然觉得肘边一触，发现在椅子上扶手的地方有一张小纸，纸上有十几颗油炸花生，鲜红的、油汪汪的、撒着盐粒的油炸花生。这是哪里来的呢？他回头一看，有一位身材高大的人端着一盘油炸花生刚刚走过去，他手里拿着一把银匙，他给每人面前放下一张纸，然后挖一勺花生。我的朋友是刚刚入境，尚未问俗，觉得好生奇怪，不知这个人是做什么的。是卖花生的么？我既没有要买，他也并未要钱。只见他把花生定量配发以后，就匆匆地到另外一个车厢里去了。花生是富于诱惑性的，人在无聊的时候谁忍得住不捏一颗花生往口里送？既送进一颗之后，把馋虫逗起来了，谁忍得住不再拿第二颗？什么东西都好抵抗，唯独诱惑最难抵抗。车上的客人都在嚅动着嘴巴嚼花生了。我的朋友也随着大家吃了起来。十几颗花生是禁不住几嚼的，霎时间，花生吃完了。可是肚子里不答应，嘴里也闹得慌，比当初不吃还难受。正在这难熬的当儿，那个大高个儿又来了，这一回他是提着一个大篮子，里面是一袋一袋的炸花生，两角钱一袋。旅客几乎没有不买一两袋的。吃过十几颗而不再买的也有，那大个子也只对他微微一笑，走过去了，原来起先配发的十几颗是样品，不取值。好精明的推销术！

我的朋友说，还有比这更霸道的。在家里住得好好的，忽然邮差送来一个小小的包裹，打开一看是肥皂公司寄来的两块肥皂，附着一封信，挺客气，恭维你一大顿，说只有你才配用这样超等的肥皂，这种肥皂如果和脸一接触，那感觉比和任何别种东西接触都来得更为浑身通泰，临完是祝你一家子康健。我的朋友愣住了，问太太，问小姐，谁也没有要买他的肥皂。已经寄来了，就搁着吧。过了很久，也没有下文，不知是在哪一天也就拉扯着用了。也说不上好坏，反正可以起白沫子下油泥就是了。可是两块肥皂刚用完，信来了，问你要订购多少块，每块五角。我的朋友置之不理。过些天第三封信来了，这一回措辞还很客气，可是骨子里有点硬了，他问你为什么缘故不订购他的肥皂，是为了价钱贵么，是为了香气不够么，是为了硬度不合么，是为了颜色不美么……列举了一串理由，要你在那小方格里打个记号。活像是民意测验。我的朋友火了，把测验纸放进应该放进的地方去，骂了一句美国式的国骂。又过了不久，第四封信来了，措辞还是很谦逊，算是偿付那两块肥皂的价钱，便彼此两清了。人的耐性是有限度的，谁的耐性小谁算是输了。我的朋友赌气寄一元钱去，其怪遂绝。

据说某一医生也同样地收到这样的肥皂两块，也接到了四封啰唆的信，他的应付的方法是寄一小包药片给他，也恭维他一大顿，说只有您阁下才配吃这样的妙药，也问他要订购多少瓶，也问他为什么不满意，最后也是索价一元，但是毋庸寄钱了，彼此抵消，两清。

这样的情形，在我们国内不易发生。谁舍得把一勺勺花生或一块块肥皂白白地当样品送出去？既送出之后，谁能再收回成本？我们是最现实的，得到一点点便宜之后，决不会再吐出来的。

可是我们也有我们传统的推销术，我们自古以来就讲究“良贾深藏若虚”。这是以退为进，以柔克刚的老法宝，我有一票货，无须大吹大擂，不必雇一队洋吹鼓手游街，亦无须都倒翻出来摆在玻璃窗里开展览会，更不花冤枉钱登广告，我干脆不推销，死等着顾客自己上门。买卖做得硬气，门口标明“只此一家，并无分店”。连分店都不肯设，多么倔！但是货出了名，自然有人上门，有人几百里跑来买东西。不推销反成为最好的推销术。

这样不推销的推销术，在北平最合适。北平有些店铺，主顾上门，不但不着急兜揽生意，而且于客气之中还寓有生疏之意。例如书店。进得店门，四壁图书虽然塞得满满的，但尽是些普通书籍，你若问他有什么好书，他说没有什么，你说随便看看，他说请看请看。结果是你什么好书也看不见。但是你若去过几次，做成几回生意，情形就不同了，他会请你到里柜坐，再过些时请到后柜坐，升堂入室之后，箱子里的好书善本陆陆续续地都拿出来了。宋版的，元椠的，琳琅满目，还小声地嘱咐你，不要对外人说。于生意之外，还套着交情。

水果店也有类似的情形。你别看外面红红绿绿地摆着一大堆，有好的也有坏的，顶好的一路却在后面筐里藏着呢！你若不开口要看后面藏着的货色，他决不给你看。后面筐里，盖着一张张绵纸，揭开一看，全是没有渣儿的上等货。

这种“深藏若虚”的推销术有它的存在的理由。货物并非大量生产，所以无须急于到处推销。如果宋版书一刷就是几万份，也得放在地摊上一折八扣。如果莱阳梨、肥城桃大批运到北平，也不能一声不响地藏在后柜。而且社会相当稳定，买东西的人是固定的那么些个人，今年上门明年一定还来，几十年下来不会有什么大的变动。所以，小自酸梅汤、酱羊肉、茯苓饼、灌肠、薄脆、豆腐脑，都有一定的标准店铺，口碑相传，绝无错误。如今时代不同了，人口在流动，家族在崩析，到处都像是个码头，今年不知明年事，所以商店的推销术也起了急剧的变化。就是在北平，你看，杂货店开张也要有两位小姐剪彩，油盐店也要装置大号的收音机，饭馆也要装霓虹招牌，满街上奇形怪状的广告，不是欢迎参观，就是敬请比较，不是货涌如山，就是拼命削价，唯恐主顾不上门——只欠门口再站两个彪形大汉，见人就往里拉！

偏方

医师本无包治百病的能力，许多病症不是药石所能奏效的。病家情急乱投医，仍然不见起色，往往就会采纳热心而又好事的人所献的偏方。

一位酱油公司的老板，患有风湿和糖尿的病症，听信日本人的偏方，大吃螺肉寿司，结果全家五口染上病毒，并且殃及友人和司机。目前已有两位不治！老板本人尚在病榻上挣扎，其夫人已有一目失明（后来还是死了）。病从口入，没有什么稀奇，想不到有人会生吃螺肉，蘸上一点芥末硬往口里塞。

何谓偏方？凡非正式医师所开之非正常的药方，或非正常的治疗方法，皆是偏方。医师本无包治百病的能力，许多病症不是药石所能奏效的。病家情急乱投医，仍然不见起色，往往就会采纳热心而又好事的人所献的偏方。姑且一试，死马当活马医。而且偏方所用药物多属寻常习见，性非酷烈，所以大概是有益无损。毛病就常出在这有益无损上。

自从燧人氏钻木取火，我们老早就脱离了茹毛饮血的阶段而知道熟食，奈何隔了数千年仍不能忘情于吃生鱼、生虾、生蟹、生螺？说吃生螺能治风湿糖尿，如果有医学的根据，至少应该注意到其中有无寄生的虫类。何况风湿糖尿现在尚无“根治”的方法，一个偏方就能治病，天下有此等便宜事！笔者患糖尿久矣，风湿亦时常发作。针灸对于神经系统的疾病确有或多或少的功效，有理论、有实验，不算是偏方。糖尿在我们中国有悠久历史，自从文园病渴，迄今好几千年，实际上没有方法可以根治。凡是说可以根治的，都是不负责的夸张语。至于偏方更是无稽之谈了。有一位素不相识的人，远道辱书，附带寄来一包药草，据他说是母亲亲自上山采集的药草，专治糖尿。这一包无名的药草，黑不溜秋，半干半软，教我如何敢于煎服下肚？我只好复书道谢，由衷地道谢。又有一位熟识的朋友，膀大腰圆，一棒子打不倒，自称是偏方专家，可以活到一百二十岁（结果打了六折），听说我患糖尿，便苦口婆心地劝我煎玉蜀黍须，代茶饮，七七四十九天，就会霍然而愈。看我迟迟没有照办，便自己弄来一大包玉蜀黍须送上门，逼我立刻煎汤，看着我咕嘟咕嘟地喝下一大碗，他才扬长而去。玉蜀黍须做汤，甜滋滋的，喝下去真真是有益无损，但是与糖尿似乎是风马牛。

有些偏方实在偏得厉害，匪夷所思。匐行疹是一种皮肤病，患者腰际神经末梢发炎，生出一串的疱疹，有时左右各一串，形似合围之势，极为痛疼。西医无法处理，只能略施镇定解痛之剂，俟其自行复原。此地中医某，有秘方调制药粉，取空心菜（即龛菜）砸成泥，加入药粉混拌，有奇效。但是又流行一个偏方，就离奇得可笑了，其法是以毛笔蘸雄黄酒，沿着患处写一行字：“斩白蛇，起帝业，高祖在此。”匐行疹俗名转腰龙，龙蛇本相近，汉高祖是赤帝子，赤帝子斩白帝子，一物降一物。雄黄为五毒药之一，蛇为五毒虫之一，以毒攻毒，自然攻无不克，无知的人听起来好像入情入理！

某公得怪病，食不下咽，睡不得安，面黄肌瘦，形容枯槁，摇摇晃晃，气若游丝。服用维他命，注射荷尔蒙，投以牛黄清心丸，猛进十全大补汤，都不见效。不知他从哪里搜得偏方，吃产妇刚刚排出的胞衣，越新鲜的越好（中药“紫河车”是干燥过的胎盘，药力差）。于是奔走于妇产科医院，每天都能如愿以偿，或清炖，或红烧，变着花样享用，滋味如何只有他自己知道。说也奇怪，吃了三十多个胞衣之后，病乃大瘥。究竟其间有无因果关系，谁知道。任何病症，不外三种结果：一个是不药而愈，一个是药到病除，一个是医药罔效。胞衣这个偏方有无功效，待考。

记不得是治什么病的一个偏方，喝童子便。最好是趁热喝。案：人的排泄物列入本草的有“人中黄”“人中白”二味。《本草·人屎》：“腊月截淡竹，去青皮，浸渗取汁，治天行热疾中毒，名粪清。浸皂荚甘蔗，治天行热疾，名人中黄。”《本草·溺白垽》：“滓淀为垽，此乃人溺澄下白垽也，以风久日干者为良。”一曰取汁，一曰风久，究竟不是要人大嘴吃屎大口喝溺，童子便则是直接取饮，人非情急，恐怕未肯轻易尝试。

有些偏方比较简单易行。不知是什么人的发现，蛇胆可以明目。捕蛇者乃大发利市。市上公开宰蛇，取出蛇胆，纳小酒杯中，立刻就有顾客仰着脖子囫囵吞了下去，围观者如堵。又有人想入非非，根据吃什么补什么的原理，喜食牛鞭，生鲜的牛鞭，当中剖开切成寸许断片，细火高汤清炖，片片浮在表面。曾在某公宴席上看到这一异味，我未敢下箸，隔日问同席猛吃此物的某君有无特别感受，他说需要常吃才行，偶吃一次不能立竿见影。

患痔的人很多，偏方也就不少。有人扬言每天早起空着肚子吃两枚松花皮蛋，有意想不到之效力。可惜难得有人持之以恒，更可惜无人做实验的统计或药理的分析。假如皮蛋铅分过多，就令人望而生畏，治一经损一经，划不来。

伤风寻常事，也有偏方不离吃的范围。据说常吃鸡尖，即鸡的尾端翘起处，包括不雅的部位及其附近一带，一咬一汪子油，常吃即可免于伤风的感染。有此一说，信不信由你。又有人说土鸡炖柠檬同样有效。

我无意把所有偏方一笔抹煞。当初神农尝百草，功在万世，传说他有一个水晶肚子。偏方未尝不可一试，愿试者尽管试。不过像华佗的漆叶青黏散，据说“久服可以去三虫利五脏，轻体，使人头不白”，我还是不敢试。

握手

"有一桩事，男人站着做，女人坐着做，狗翘起一条腿儿做。"这桩事是——握手。

握手之事，古已有之，《后汉书》："马援与公孙述少同里闾相善，以为既至常握手，如平生欢。"但是现下通行的握手，并非古礼，既无明文规定，亦无此种习俗，大概还是剃了小辫以后的事。我们不能说马援和公孙述握过手，便认为是过去有此礼节的明证。

西装革履我们都可以忍受，简便易行而且惠而不费的握手我们当然无需反对。不过有几种人，若和他握手，会感觉痛苦。

第一是做大官或自以为做大官者，那只手不好握。他常常挺着胸膛，伸出一只巨灵之掌，两眼望青天，等你趁上去握的时候，他的手仍是直僵地伸着，他并不握，他等着你来握。你事前不知道他是如此爱惜气力，所以不免要热心地迎上去握，结果是孤掌难鸣，冷涔涔地讨一场没趣。而且你还要及早罢手，赶快撤手，因为这时候他的身体已转向另一个人去，他预备把那巨灵之掌给另一个人去握——不是握，是摸。对付这样的人只有一个办法，便是，你也伸出一只巨灵之掌，你也别握，和他作“打花巴掌”状，看谁先握谁！

另一种人过犹不及。他握着你的四根手指，恶狠狠地一挤，使你痛彻肺腑，如果没有寒暄笑语偕以俱来，你会误以为他是要和你角力。此种人通常有耐久力，你入了他的掌握，休想逃脱出来。如果你和他很有交情，久别重逢，情不自禁，你的关节虽然痛些，我相信你会原谅他的。不过通常握手用力最大者，往往交情最浅。他是要在向你使压力的时候使你发生一种错觉，以为此人遇我特善。其实他是握了谁的手都是一样卖力的。如果此人曾在某机关做过干事之类，必能一面握手，一面在你的肩头重重地拍一下子，“哈喽，哈喽，怎样好？”

单就握手时的触觉而论，大概愉快时也就不多。春笋般的纤纤玉指，世上本来少有，更难得一握。我们常握的倒是些冬笋或笋干之类，虽然上面更常有蔻丹的点缀，干到还不如熊掌。迭更斯[①]的《大卫·高拍菲尔》[②]里的乌利亚，他的手也是令人不能忘的，永远是湿津津的冷冰冰的，握上去像是五条鳝鱼。手脏一点无妨，因为握前无暇检验，唯独带液体的手不好握，因为事后不便即揩，事前更不便先给他揩。

“有一桩事，男人站着做，女人坐着做，狗翘起一条腿儿做。”这桩事是——握手。和狗行握手礼，我尚无经验，不知狗爪是肥是瘦，亦不知狗爪是松是紧，姑置不论。男女握手之法不同。女

---

① 今多译为狄更斯。——编者注
② 今多译为《大卫·科波菲尔》。——编者注

人握手无需起身，亦无需脱手套，殊失平等之旨，尚未闻妇女运动者倡议纠正。在外国，女人伸出手来，男人照例只握手尖，约一英寸至二英寸，稍握即罢，这一点在我们中国好像禁忌少些，时间空间的限制都不甚严。

朋友相见，握手言欢，本是很自然的事，有甚于握手者，亦未曾不可，只要双方同意，与人无涉。唯独大庭广众之下，宾客环坐，握手势必普遍举行，面目可憎者，语言无味者，想饱以老拳尚不足以泄忿者，都要一一亲炙，皮肉相接，在这种情形之下握手，我觉得是一种刑罚。

《哈姆雷特》中波娄尼阿斯诫其子曰：“不要为了应酬每一个新交而磨粗了你的手掌。”我们是要爱惜我们的手掌。

婚礼

五分钟完成婚礼不一定就是不隆重，婚礼本不是表演给人观赏的。

一般人形容一般的婚礼为“简单隆重”。又简单又隆重，再好不过。但是细想，简单与隆重颇不容易合在一起。隆是隆盛的意思，重是郑重的意思，与简单一义常常似有出入。烫金红帖漫天飞，席开十桌八桌乃至二三十桌，杯盘狼藉，嘈杂喧豗。新娘三换服装，作时装表演，正好违反了蔡邕“一朝之晏，再三易衣，私居移坐，不因故服”的“女诫”。新郎西服笔挺，呆若木鸡。证婚人语言无味，介绍人嘻皮笑脸，主婚人形如木偶。隆则隆矣，重则未必，更不能算简单。

我国婚礼，自古就不简单。《礼记·昏义》：“昏礼者，将合二姓之好，上以事宗庙，而下以继后世也，故君子重之。”传宗接代的事，所以要隆重。“是以昏礼纳采，问名，纳吉，纳徵，请期，皆主人筵几于庙，而拜迎于门外，入，揖让而升，听命于庙，所以敬慎重正昏礼也。”随后就是新郎亲迎，女家“筵几于庙”，婿揖让升堂，再拜奠雁。最后是迎妇以归，“共牢而食，合卺而酳”，大事告成。这一套仪式，若干年来，当然有不少的修改，但是基本的精神大致未变，仍是铺张扬厉，仍是以父母为主体，以当事人为主要工具。男娶妇曰授室，女嫁夫曰于归。

民初以来所谓文明结婚的仪式，一直沿用到现在，其实不见得怎样文明。最令人不解的是仪式之中冒出来一个证婚人——多半是一个机关首长什么的，再不就是一位年高确实有征而德劭尚待稽考的人，他的任务是宣读结婚证书，然后说几句空空洞洞的废话。从前有“新娘搀上床，媒人扔过墙”之说，如今则是证婚人等到大家用过印，就被人挟持扶下台。如果他运气好，会有人领他到铺红桌布的主要席次，在新郎新娘高据首席之下敬陪末座。否则下得台来，没有人理，在拥挤的席次之间彷徨逡巡一阵，臊不搭的只好溜走了事。若是婚后数日，男家家长带着儿子媳妇和一篮水果什么的到证婚人家中拜谢，那是难得一见的殊荣。

新娘由两个伴娘左右扶持也就够排场的了，但是近来还经常有人采用西俗，由女方男性家长（或代理家长）挟持着新娘，把她“送给”男方。而且还要按着一架破钢琴（或录音机）奏出的进行曲的节奏，缓缓地以蜗步走到台前。也有人不知受了什么高人导演，一步一停，像玩偶中的机器人一样动作有节。为什么新娘要由男性家长“送给”人，而不由女性家长把她送出去？为什么新郎老早地就站在那里，等候接收新娘，而不是由家长挟持着把他“送给”新娘？究竟有无道理？

子曰：“礼，与其奢也宁俭。”是泛指一般的礼而言，当然也包括婚礼在内。在这里俭也就是简单的意思。西俗婚礼较为简单，但是他们有人还嫌不够简单。从前，苏格兰敦福利县春田乡附近有一个小村落格莱特纳（Gretna），离英格兰西北部的卡利尔只有八里，那个地方的结婚典礼既不需牧师主持，亦不必请领什么证书，更不要预告的那种手续，只要双方当事人对一位证人宣称同意结婚就行了。而那位证人通常是当地的铁匠。一时的私奔的男女趋之若鹜，号称为“格莱特纳草原结婚”（Gretna Green marriages）。这风俗延至一八五六年才告终止。这方式简单之至，实在也没有什么不好，不晓得何以终于废弃。结婚是两个人的事，何需牧师参与其间。男女相悦，欲结秦晋之好，也没有绝对必要征求家长同意。必须要个证人，表示其非私奔，则乡村铁匠最为便当。从前一个乡村铁匠是当地尽人皆知的一个响当当的人物。在铁匠面前，三言两语把终身大事解决了，岂非简单之至？

听说美国近年来有所谓“快速结婚”。南卡罗来纳州迪朗市政府公证处设立了一个结婚礼堂，除耶诞节休息一日外，全年开放，周末还特别延长服务时间。凡年满十六岁男子与年满十四岁女子，无论来自何处，不需体检，不必验血，一律欢迎。只需家长同意，于二十四小时前申请，缴注册费四十元，公证处即派员主持结婚典礼，费时不超过五分钟。结婚人不必穿礼服，任何服装均可，牛仔裤、衬衫、工作服任听尊便。简单迅速，皆大欢喜。五分钟完成婚礼不一定就是不隆重，婚礼本不是表演给人观赏的。我国法院的公证结婚相当简单，不过也还要有一位法官行礼如仪，似嫌多事。那位法官所披的法衣，白领往往污黑，和新娘的白纱礼服不大相称。公证结婚之后，也曾有人再行大宴宾客，借用学校礼堂操场席开一二百桌，好像是十分风光，实则迹近荒唐，人人为之侧目。当然这种荒唐闹剧也不是完全没有道理的，有人估计，像这样的敬治喜筵可以收回为数可观的喜敬，用以开销尚有馀羡。此种行径，名曰“撒网”，距离隆重之义何止十万八千里。

听说有人结婚不在教堂行礼，也不在家里或是餐厅里，而是在运动场里、滑冰场上、游览车中，甚至不在地面上而是在天空的飞机里面。地点的选择是人人有自由的，制造噱头也不犯法，成为新闻有人还很得意。

然则婚礼如何才能简单隆重？初步的建议是，做父母的退出主办的地位，别乱发请帖，因为令郎令爱的婚事别人并不感觉兴趣，在家里静静地等着抱孙子就可以了。至于婚礼，让小两口子自己瞧着办。

第六伦

有一天，主人落井，大声呼援，仆人慢腾腾地取出那篇工作大纲，说："且慢，等我看看，有没有救你出井那一项目。"

君臣父子夫妇兄弟朋友，是为五伦，如果要添上一个第六伦，便应该是主仆。主仆的关系是每个人都不得逃脱的。高贵如一国的元首，他还是人民的公仆；低贱如贩夫走卒，他回到家里，颐指气使，至少他的妻子媳妇是不免要做奴下奴的。不过我现在所要谈的"仆"，是以伺候私人起居为专职的那种仆。所谓"主"，是指用钱雇买人的劳力供其驱使的人而言。主仆这一伦，比前五伦更难敦睦。

在主人的眼里，仆人往往是一个"必需的罪恶"，没有他不成，有了他看着讨厌。第一，仆人不分男女，衣履难得整齐，或则蓬首垢面，或则蒜臭袭人，有些还跣足赤背，瘦骨嶙嶙，活像甘地先生，也公然升堂入室，谁看着也是不顺眼。一位唯美主义者(是王尔德还是优思曼)曾经设计过，把屋里四面墙都糊上墙纸，然后令仆人穿上与墙纸同样颜色同样花纹的衣裳，于是仆人便有了"保护色"，出入之际，不至引人注意。这是一种办法，不过尚少有人采用。有些作威作福的旅华外人，以及“二毛子”之类，往往给家里的仆人穿上制服，像番菜馆的侍者似的；东交民巷里的洋官僚，则一年四季地给看门的赶车的戴上一顶红缨帽。这种种，无非是想要减少仆人的一些讨厌相，以适合他们自己的其实更为可厌的品位而已。

仆人，像主人一样，要吃饭，而且必然吃得更多。这在主人看来，是仆人很大的一个缺点。仆人举起一碗碰鼻尖的满碗饭往嘴里扒的时候，很少主人（尤其是主妇）看着不皱眉的，心痛。很多主人认为是怪事，同样的是人，何以一旦沦为仆役，便要努力加餐到这种程度。

主人的要求不容易完全满足，所以仆人总是懒的，总是不能称意。王褒的《僮约》虽是一篇游戏文字，却表示出一般人唯恐仆人少做了事，事前一桩桩地列举出来，把人吓倒。如果那个仆人件件应允，件件做到，主人还是不会满意的，因为主人有许多事是主人自己事前也想不到的。法国中古有一篇短剧，描写一个人雇用一个仆人，也是仿王褒笔意，开列了一篇详尽的工作大纲，两相情愿，立此为凭。有一天，主人落井，大声呼援，仆人慢腾腾地取出那篇工作大纲，说：“且慢，等我看看，有没有救你出井那一项目。”下文怎样，我不知道，不过可见中西一体，人同此心。主人所要求于仆人的，还有一点，就是绝对服从，不可自作主张，要像军队临阵一般地听从命令。不幸的是，仆人无论受过怎样折磨，总还有一点个性存留，他也是父母养育的，所以也受过一点发展个性的教育，因此总还有一点人性的遗留，难免顶撞主人。现在人心不古，仆人的风度之合于古法的已经不多，像北平的男仆、三河县的女仆，那样的应对得体、进退有节，大概是要像美洲红人似的需要特别辟地保护，勿令沾染外习。否则这一类型是要绝迹于人寰的了。

驾驭仆人之道，是有秘诀的，那就是，把他当作人。这样一来，凡是人所不容易做到的，我们也就不苛责于他；凡是人所容易犯的毛病，我们也可加以曲宥。陶渊明介绍一个仆人给他的儿子，写信嘱咐他说："彼亦人子也，可善视之。"这真是一大发明！J. M. Barrie 爵士在《可敬爱的克来顿》那一出戏里所描写的，也可使人恍然于主仆一伦的精义。主仆二人漂海遇险，在一荒岛上过活。起初主人不能忘记他是主人，但是主人的架子不能搭得太久，因为仆人是唯一能砍柴打猎的人，他是生产者，他渐渐变成了主人，他发号施令，而主人渐渐变成为一助手、一个奴仆了。这变迁很自然，环境逼他们如此。后来遇救返回到"文明世界"，那仆人又局促不安起来，又自甘情愿地回到仆人的位置，那主人有所凭借，又回到主人的位置了。这出戏告诉我们，主仆的关系，不是天生成的，离开了"文明世界"，主仆的位置可能交换。我们固不必主张反抗文明，但是我们如果让一些主人明白，他不是天生成的主人，讲到真实本领他还许比他的仆人矮一大截，这对于改善主仆一伦，也未始没有助益哩！

五世同堂，乃得力于百忍。主仆相处，虽不及五世，但也需双方相当的忍。仆人买菜赚钱，洗衣服偷肥皂，这时节主人要想，国家借款不是也有回扣吗？仆人倔强顶撞傲慢无礼，这时节主人要想，自己的儿子不也是时常反唇相讥，自己也只好忍气吞声么？仆人调笑谑浪，男女混杂，这时节主人要想，所谓上层社会不也有的是桃色案件吗？肯这样想便觉心平气和，便能发现每一个仆人都有他的好处。在仆人一方面，更需要忍。主人发脾气，那是因为赌输了钱，或是受了上司的气而无处发泄，或是夜里没有睡好觉，或是肠胃消化不良。

Swift 在他的《婢仆须知》一文里有这样一段："这应该定为例规，凡下房或厨房里的桌椅板凳都不得有三条以上的腿。这是古老定例，在我所知道的人家里都是如此。据说有两个理由，其一，用以表示仆役都是在臬兀不定的状态；其二，算是表示谦卑，仆人用的桌椅比主人用的至少要缺少一条腿。我承认这里对于厨娘有一个例外，她依照旧习惯可以有一把靠手椅备饭后的安息，然而我也少见有三条以上的腿的。仆人的椅子之发生这种传染性跛疾，据哲学家说是由于两个原因，即造成邦国的最大革命者：我是指恋爱与战争。一条凳，一把椅子，或一张桌子，在总攻击或小战的时候，每被拿来当作兵器；和平以后，椅子——倘若不是十分结实——在恋爱行为中又容易受损，因为厨娘大抵肥重，而司酒的又总是有点醉了。"

这一段讽刺的意义是十分明白的，虽然对我们国情并不甚合。我们国里仆人们坐的凳子，固然有只有三条腿的，可是在三条以上的也甚多。一把普通的椅子最多也不过四条腿，主仆之分在这上面究竟找不出多大距离。我觉得惨的是，仆人大概永远像莎士比亚《暴风雨》中的那个卡力班，又蠢笨，又狡猾，又怯懦，又大胆，又服从，又反抗，又不知足，又安天命，陷人极端的矛盾。这过错多半不在仆人方面。如果这世界上的人，半是主人半是仆，这一伦的关系之需要调整是不待言的了。

汰侈

我们如今的豪门巨贾，有几个不求田问舍大营别墅，甚至有几家理发馆不在铺张扬厉，装潢逾分？

我国自古以来，崇尚节俭，不主汰侈。《左传·庄公二十四年》，鲁大夫御孙谏曰："俭，德之共也；侈，恶之大也。"他的意思是说，有德者皆由节俭来，恶行率自奢靡始。他所以进此谏，只是因为庄公"刻桓宫桷"，在庙椽上加了雕刻而已。丹楹刻桷，皆不合于礼，而近于奢。为君王者亦不可以有失俭德。

其实刻桷应算小事。历来奢侈成风，何代无之？石崇与王恺之竞豪侈相夸，传为美谈！而"五步一楼，十步一阁，廊腰缦回，檐牙高啄"的阿房宫早已创下了穷奢极欲的先例。管仲的镂簋，朱纮，山节，藻棁，孔子更早就说其器小。我们现在想想，餐具上刻些花纹，颔下拖一条红带子，柱头斗拱梁上短柱画些花纹，算得了什么，也值得大惊小怪！然而古时圣人已经见微知著，觉得奢靡之风不可长。孔子一面称管仲为"仁者"，这是不轻许人的誉词，但是一面也抨击他的器小。我们如今的豪门巨贾，有几个不求田问舍大营别墅，甚至有几家理发馆不在铺张扬厉，装潢逾分?

说起理发馆，就令人感慨。民国元年北京只有一家理发馆，在东单船板胡同西口路北，小屋一间，设座仅二，而顾客盈门。使用西式推子刀剪，理发师穿着西装衬衫，给人印象很深，而印象最深者是他的顶上功夫，头发是由他连薅带剪，其手段如何可以想见。市面上的剃头棚剃头挑存留很久才被淘汰，继之而起的理发馆稍微洁净一些，但还谈不上装潢，顶多墙上挂了一面大镜，镜边一副对联“文章西汉两司马，经济南阳一卧龙”之类，也许再加上几副西湖风景。小伙计用手拉扯的大风扇算是高级的设备，好像埃及女王克利奥佩特拉也用过这样的扇子。民国四年我进了清华，学校里的理发室是空屋一大间，环堵萧然，当中木椅一把，靠墙二屉桌一张，屋角洗脸盆木架一具，完了。但是理发师手艺高强，一手按住脑壳，咔嚓咔嚓几剪刀，大事已毕。提一壶热水兜头一浇，揩揩抹抹，然后梳两下子，请你走路，前后顶多不过十分钟，收费一角钱。随后各地理发馆渐有规模，踵事增华，渐趋奢侈了。

台湾经济起飞，理发馆不甘落后，于是有“亚洲第一”的理发厅出现。据报载，该理发厅去年即已大做广告，征求股金四千万元、女理发师三百名、女领台六十名、女经理二十名、女会计十名、女总机六名、播音员三名、修指甲十名、男门僮六名，共计员工四百十五名。店址面积一千多坪[①]，加上一百二十个车位，占地近两千坪，备有六名专用司机接送客人。营业项目包括

① 一坪≈3.3057平方米。

洗脚、修脚、修指甲、擦皮鞋、洗袜子，并提供各式餐饮及老人茶。更令人惊讶的是开张之日，居然顾客如云，座无虚席，生意鼎盛。

自由民主的社会，经济活动概以供求关系为准，只要不违法就不便干涉，至于是否有关社会风气的良窳，则事属道德范畴，应从文化教育方面下手，使之潜移默化。而在上者的示范提倡尤其重要。

就在这“亚洲第一”的理发厅造成轰动的几天之内，报纸揭露另外一则消息：

> 某国营公司董事长与总经理的办公厅各占一百一十坪、八位副总经理则占二百二十二坪，每人各拥有办公室、会议室及浴厕共四间，各式坐椅十五张。此外尚有会议室大小四十间，高级人员还有两部专用电梯。

有什么样的办公厅，就有什么样的理发厅，不足怪。

乐呵

辑二

小小的脑壳，
里面能装进多少东西？

戒烟

当时我便下了一个绝大的决心，在我的寝室里行宣誓礼，拿出烟盒里最后一支香烟，折为两段，誓曰："电灯在上，地板在下，我如再开烟禁，有如此烟！"

戒烟的念头，起过好几次。第一次想戒烟，是在西历一千九百二十三年十一月三十日下午五点多钟，那时候衣袋里只剩两只角子，一块面包要一角三分，实际上我只有七分钱的盈余。要买整盒的香烟，无论什么牌子的，都很为难。当时我便下了一个绝大的决心，在我的寝室里行宣誓礼，拿出烟盒里最后一支香烟，折为两段，誓曰："电灯在上，地板在下，我如再开烟禁，有如此烟！"

当晚口里便觉得油腻腻地难过，翻来覆去地睡不着觉。第二天清早起来，摸摸衣袋，还是那两只角子，不见多也不见少。我便打开衣橱，把我的几套破衣裳烂裤子捣翻出来，每一个口袋里伸手摸一次，探囊取物，居然凑集起来，摸出了两块多钱。可见我平常积蓄有素，此刻便可措置裕如。这两块多钱怎样用呢？除了吃一顿饱饭以外，我还买了一盒三角钱十支的"沙乐美"①。

---

① "沙乐美"是一种麝香熏过的香烟名。——编者注

我便算是把烟禁开了。开禁的理由是："昨晚之戒烟，是因受经济的压迫，不是本愿，当然可以原谅。"于是乎第一次戒烟失败。

一年过去了。屋角堆着的空烟盒子，堆到了三四尺高。一天清早，忽然发愿清理，统计之下，这一堆烟盒代表我已吸的烟约有一百三四十元之谱。未免心里有点感慨，想起往常用钱，真好像是一块钱一块钱地挂在肋骨上似的，轻易不肯忍痛摘用。如今吸烟就费如许金钱，真对不起将来的子孙。于是又下决心，实行戒烟，每月积下十元，作为储蓄。这戒烟的时期延长到半个多月。有一天，坐火车，车里面除了几位女太太几个小孩子一只小吧儿狗以外，几乎个个人抽烟，由雪茄以至关东，烟气冲天。这时候，我若不吸烟，可有什么旁的办法？凡事有经有权，我于是乎从权，开禁吸烟。我又于是乎一吸而不可复禁，饭后若不吸烟，喉咙里就好像有一只小手乱抓似的。没法子，第二次戒烟又失败了。

男大当娶，女大当嫁，我侥幸已经到了"大"的时期，而并且也居然娶了。闺房之内，约法二章，一不吸烟二不饮酒。闺令森严，无从反抗。于是我又决计戒烟。但是怎样对朋友说呢？这是一个问题。

"老王[①]，你还吸烟否？"

我说："戒烟了。"

"为什么又戒了？"

我说："这两天喉咙痛。"

---

① 此或为作者笔误，或为作者借用他人的经历，为保持原文完整性，故不做修改。——编者注

过几天我到朋友家去，桌上香烟火柴都是现成的，我便顺手吸一支。久之，朋友都看出我在外面吸烟，在家就戒烟，议论纷纷。纸里包不住火，我索性宣布了。我当众声明，我现在已然娶了太太，因为要维持应享的娶后的利益起见，决计戒烟，但是为保持我娶前的既得权起见，决计不立刻完全戒烟。枕上会议，议决：实行戒烟，但分两个步骤，第一步是从不买烟入手，第二步才是不吸烟。我如今已经娶了三年，还在第一期戒烟状态之中。若有人把烟送上门来，我当然却之不恭，受之却也无愧。若叫我自己出钱买烟，则戒烟条例具在，碍难实行。所以现在我家里，为款待来宾起见，谨备火柴，纸烟则由来宾自备了。我这一次戒烟，第一步总算成功了。但是吸烟的朋友们，鉴于我目前的成功和往昔的失败，都希望我快开烟禁！

点名

出席的学生应声答“到”，缺席的也有人代他答“到”，有时候两个人同时替一个缺席的答“到”，全班哄笑。老先生茫然地问：“到底哪一位是……？”全班又哄然大笑。

我在小学读书的时候，先生根本不点名。全班二十几个学生，先生都记得他们的名字。谁缺席，谁迟到，先生举目一看，了如指掌，只须在点名簿上做个记号，节省不少时间。

我十四岁进了清华。清华的学生每个都编列号码（我在中等科是五八一号，高等科是一四七号）。早晨七点二十分吃早点（馒头稀饭咸菜），不准缺席迟到。饭厅座位都贴上号码，有人巡视抄写空位的号码。有贪睡懒觉的，非到最后一分钟不肯起床，匆促间来不及盥洗，便迷迷糊糊蓬头散发地赶到餐厅就座，呆坐片刻，俟点名过后再回去洗脸，早饭是牺牲了。若是不幸遇到斋务主任陈筱田先生亲自点名，迟到五分钟的人就难逃法网了，因为这位陈先生记忆力过人，他不巡行点名，他隐身门后，他把迟到的人的号码一一录下。凡迟到若干次的便要在周末到“思过室”里去受罚静坐。他非记号码不可，因为姓名笔画太繁，来不及写，好几百人的号码，他居然一一记得，这一份功夫真是惊人。

三十多年后我偶然在南京下关遇见他，他不假思索喊出我的号码一四七。

下午是中文讲的课程，学校不予重视，各课分数不列入成绩单，与毕业无关，学生也就不肯认真。但是点名的形式还是有的，记得有一位叶老先生，前清的一位榜眼，想来是颇有学问的，他上国文课，简直不像是上课。他夹着一个布包袱走上讲台，落座之后打开包袱，取出眼镜戴上，打开点名簿，拿起一支铅笔（他拿铅笔的姿势和拿毛笔的姿势完全一样，挺直地握着笔管），然后慢条斯理地开始点名。出席的学生应声答“到”，缺席的也有人代他答“到”，有时候两个人同时替一个缺席的答“到”，全班哄笑。老先生茫然地问：“到底哪一位是……？”全班又哄然大笑。点名的结果是全班无一缺席，事实上是缺席占三分之一左右。大约十分钟过去，老先生用他的浓重的乡音开讲古文，我听了一年，无所得。

胡适之先生在北大上课，普通课堂容不下，要利用大礼堂，可容三五百人，但是经常客满，而且门口窗上都挤满了人。点名是不可能的。事实上其中还有许多“偷听生”，甚至是来自校外的。朱湘就是远从清华赶来偷听的一个。胡先生深知有教无类的道理，来者不拒，点名作甚？“桃李不言，下自成蹊。”

其实点名对于教师也有好处，往往可以借此多认识几个字。我们中国人的名字无奇不有。名从主人，他起什么样的名字自有他的权利。先生若是点名最好先看一遍名簿，其中可能真有不大寻常的字。若是当众读错了字，会造成很尴尬的局面。例如寻常的“展”，偏偏写成为“㞡”，这是古文的展字，不是人人都认得的。猛然遇见这个字可能不知所措。又如"珡"就是古文的"琴"，由隶变而来，如今少写两笔就令人不免踌躇。诸如此类的情形不少，点名的老师要早防范一下。还有些常见的字，在名字里常见，在其他处不常用，例如"茜"字，读"倩"不读"西"，报纸上字幕上常有"南茜""露茜"出现，一般人遂跟着错下去。可是教师不许读错，读错了便要遭人耻笑了。也有些字是俗字，在字典里找不着，那就只好请教当地人士了。

电话

还有比这个更烦人的：“喂，你猜我是谁？猜猜看！怎么连我的声音都听不出来？”对于这样童心未泯的戴着面具的人，只好忍耐，自承愚蠢。

清末民初的时候，北平开始有了电话，但是还不普遍。我家里在民国元年装了电话，我还记得号码是东局六八六号。那一天，我们小孩子都很兴奋，看电话局的工人们蹿房越脊牵着电线走如履平地，像是特技表演。那时候，一般人都称电话为德律风，当然是译音。但是清末某一位上海人的笔记，自作聪明，说德律风乃西洋某发明家之姓氏，因纪念他的发明，遂以他的姓氏名之。那时的电话不似现在的样式，是钉挂在墙上的庞然大物，顶端两个大铃像是瞪着的大眼睛，下面是一块斜木板，预备放纸笔什么的样子，再下面便像是隆起的大腹，里边是机器了。右手有个摇尺，打电话的时候要咕噜咕噜地猛摇一二十下，然后摘下左方的耳机，嘴对着当中的小喇叭说话、叫号。这样笨重的电话机，现在恐怕只有博物馆里才得一见了。外边打电话进来，铃声一响，举家惊慌奔走相告，有的人还不敢去接听，不知怕的是什么。

从前的人脑筋简单，觉得和老远老远的人说话一定要提高嗓门，生怕对方听不到，于是彼此对吼，力竭声嘶。他们不知道充分利用电话，没有想到电话里可以喁喁情语，可以娓娓闲聊，可以聊个把钟头，可以霸占线路旁若无人。我最近看见过一位用功的学生，一面伏案执笔，一面歪着脑袋把电话耳机夹在肩头上，口里不时念念有词，原来是在和他的一位同学长期交谈，借收切磋之效。老一辈的人，常以为电话多少是属于奇淫技巧一类，并不过分欣赏，顶多打个电话到长发号叫几斤黄酒，或是打个电话到宝华春叫一只烧鸭子的时候，不能不承认那份方便。至若闲来没事找个人聊天，则串门子也好，上茶馆也好，对面晤谈，有说有笑，何必性急，玩弄那个洋玩意儿？

后来电话渐渐普遍，许多人家由“天棚鱼缸石榴树”一变而为“电灯电话自来水”的局面。虽说最近有一处擦皮鞋的摊子都有了电话，究竟这还是一项值得一提的设备，房屋招租广告就常常标明带有电话。广告下不必说明“门窗户壁俱全”，因为那是题中应有之义，而电话则不然了。

尽管电话还不够普遍，但是在使用上已有泛滥成灾之势。我有一位朋友颇有科学头脑，他在临睡之前在电话上做了手脚，外面打电话进来而铃不响，他可以安然地高枕而眠。我总觉得这有一点自私，自己随时打出去，而不许别人随时打进来。可是如果你好梦正酣，突被电话惊醒，大有可能对方拨错了号码，这时候你能不气得七窍生烟吗？如果你在各种最不便起身接电话的时候，而电话铃响个不停，你是否会觉得十分扫兴、狼狈、愤怒？有人给电话机装个插头，用时插上，不用时拔下，日夜安宁，永绝后患。我问他：“这样做，不怕误事么？”他说：“误什么事？

误谁的事？电话响，有如‘夜猫子进宅’，大概没有好事。”他的话不是无理，可是我狠不下心这样做。如果人人都这样的壁垒森严，电话就根本失效，你打电话去怕也没有人接。

电话号码拨错，小事一端，贤者不免，本无需懊恼，可恼的是对方时常是粗声粗气，一觉得话不对头，便呱嗒一声挂断，好像是一位病危的人突然断气，连一声“对不起”都没来得及说，这时节要我这方面轻轻把耳机放好我也感觉为难。

电话机有一定装置的地方，或墙上，或桌上，或床头。当然也有在厨房或洗手间装有分机的。无论如何，人总有距离电话十尺、二十尺开外的时候，铃响之后，即使几个箭步窜过去接，也需要几秒钟的时候。对方往往就不耐烦了，你刚拿起耳机，他已愤而断绝往来。有几个人能像一些机关大佬雇得起专管电话的女秘书？对方往往还理直气壮地责问下来：“为什么电话没有人接？”我需要诌出理由为自己的有亏职守勉强开脱。

电话打通，谁先报出姓名身份，没有关系，先道出姓名的一方不见得吃亏，偏偏有人喜欢捉迷藏。“喂，你是哪里？”“你要哪里？”“我要 × × × × × × × 号。”“我这里就是。”“× × × 在不在家？”“你是哪一位？”“我姓 w。”“大名呢？”“我是 × × ×。”“好，你等一下。”这样枉费唇舌还算是干净利落的，很可能话不投机，一时肝火旺，演变成为小规模的口角。还有比这个更烦人的：“喂，你猜我是谁？猜猜看！怎么连我的声音都听不出来？”对于这样童心未泯的戴着面具的人，只好忍耐，自承愚蠢。

电话不设防，谁都可以打进来。我有时不揣冒昧，竟敢盘诘对方的姓名身份，而得到的答话是：“我是你的读者。”好像读者有权随时打电话给作者，好像作者应该有“售后服务”的精神。我追问他有何见教，回答往往是：某一个英文字应该怎样讲，怎样读，怎样用；某一句话应该怎样译；再不就是问英文怎样可以学好。这总是好学之士，我不敢怠慢，请他写封信来，我当书面答复。此后多半是音讯杳然，大概他是认为这是小事，不值得一操翰墨吧。

制服

这位青年眉毛一耸，冷冷一笑，说："我以为梁先生是自由主义者，怎么，梁先生你也赞成穿制服么？"

学生要穿制服，就是到了大学阶段在军训的时间仍然要穿制服。我记得在若干年前，有一个学生在军训时间不肯穿制服，穿着一条破西装裤一件敞着领口的白衬衫就挤进队伍里去。教官点名，一眼就看出他来，严词申斥，他报以微笑，作不屑状。教官无可奈何，警告了事。下一次军训时间他依然故我，吊儿郎当。教官大怒，乃发生口角。事闻于当局，拟予开除处分。我主从宽，力保予劝诱使之就范。于是我约他到家谈话，坦告所以。

这位青年眉毛一耸，冷冷一笑，说："我以为梁先生是自由主义者，怎么，梁先生你也赞成穿制服么？"

我说："少安毋躁，听我解释。我并不赞成我们学校的学生平时穿制服，可是军训有模拟军队的意味，你看古今中外哪一国的军队（除了便衣队或游击队）不穿制服？军队穿制服，自有其一番道理。所以军训时穿制服，也自有其一番道理。学校既然有此规定，而你不守规则，这便成了纪律问题。在任何一个团体里不守纪律是要处罚的。为今之计，你有两条路好走。一是服从规定，恪守纪律，此后军训穿起制服。一是坚持你的个人自由，宁愿接受纪律制裁。如果你选后者，大可自动退学，不过听候除名亦无不可。”

他的意思好像有一点活动，他说：“你劝我走哪一条路呢？”

我说：“此事要由你自己决定。如果你肯委屈自己一下，问题就解决了。天下本来没有绝对的自由。为了纪律，牺牲一点自由，也是常有的事。如果你太重视自己的主张，甘愿接受后果也不肯让步，对你这份为了原则而不放弃立场的道德勇气，我也是很能欣赏的。”

他在沉思。我乘机又说了一个故事。英国哲学家罗素在第一次世界大战时，因为公然放言反对战争，被捕下狱，并科罚款。罗素一声不响地付了罚款，走进监狱，毫无怨言。他要说的话，他说了；他该受的惩罚，他受了。言论自由没有受到损伤，国家的法律也没有遭到破坏。这就是民主政治之可贵的一面。一个有道德勇气的人是可钦佩的，但是他也要有尊重法律的风度。

他默默地站起来告辞而去，看那样子有一点悻悻然。

下次军训时间，他穿上了制服，虽然帽子歪戴着，领扣未结。教官注视了他一眼，他立刻发言道：“不要误会，我不是遵从你的命令，我是听了梁先生的劝告！”

好倔强的一个孩子！

钥匙

我相信每个人抽屉里都有一大把钥匙，大大小小，奇形怪状，而且是年湮代远，用途不明。

扃门之锁曰钥，而启锁之器亦曰钥，一义易混，故又名后者为钥鍉。鍉音匙，今谓之钥匙。

大同之世夜不闭户，当然无需乎锁，从前人家，白昼都是大门敞开，门洞里两条懒凳，欢迎过往人等驻足小坐。到夜晚才关大门，门内有上下插关，此外通常还有一根粗壮的门闩，或竖顶，或横拦，就非常牢靠。只有人口少的小户人家，白天全家外出，门上才挂四两铁。

锁与钥匙最初的形式是简单而粗大，后来逐渐改良，乃有如今精致而小巧的模样。西洋锁有悠久历史，古埃及和希腊都早有发明，晚近的耶鲁锁风行世界。锁与钥匙给人以种种方便，不仅可以扃门，钱柜、衣柜、书柜、货柜，都可以加锁。如果不嫌烦，冰箱、电视、抽屉、手提箱也可以加锁，甚而至于有一种日记本也有锁，藏情书珠宝的首饰箱也有锁。这种种方便，对于有意做贼的人却是不方便，而且对于主人有时也会引起不大不小的不方便。

最尴尬的情形之一是出门忘了带钥匙，而“砰”的一声弹簧锁把自己关在门外。我平均两年之内总有一次出这样的蠢事。我没有忘记自己健忘，我为自己建立良好的习惯，把一束钥匙常串着放在裤袋里，自以为万无一失。有时候换服装，忘了掏出裤袋里的钥匙，而家人均已外出，其结果是只好在门口站岗，常是好几小时。找锁匠来开门也不是可以立办之事。费时误事伤财之外还不能不深自责悔，急出一头大汗。人孰无过，但是屡犯同样过失，只好自承为蠢。记得有一回把自己关在家门外，急得团团转，好不容易请到一位锁匠，不料他向门上瞄了一眼便掉头而去，他说：“这样的锁，没法开。”我这才发现我们的门锁有一点古怪，钥匙是半圆形的，钥匙孔也是半圆形的，不知是哪一国的新产品。在这尴尬的情况中有一点沾沾自喜，我有一具不容易被人盗开的锁。

有一种不需钥匙的锁，所谓暗码锁。挂锁上面有四排字，四四十六个字，全无意义相联，转来转去把预定的四个字联成一排，锁就可以打开。这种锁已成古董了。保险箱式的暗码锁则是左转几下，右转几下，再左转几下，再右转几下，锁砉然开。我曾有一个铝质衣柜就有暗锁，我怕忘了暗号，特把暗号写在日记本上。其实柜里没什么贵重东西，暗号锁的装置反倒启人疑窦。如果其中真有什么贵重东西，大力者负之而走，又将奈何？听说有一种锁设有电子装置，不需犬牙参差的钥匙，只要一个录有密码的磁带，插进去引动了锁中小小的电子发动机，锁自然开。如今西方许多家庭车房大门之遥控电锁，当是这种锁之又进一步的发明，人坐在车里，老远地一按钮，车门自然的于隆隆声中自启或自闭。最新的发明是既不用钥匙亦不用按钮，只要主人大喊一声，锁便能辨出主人的声音，呀然而启。想《天方夜谭》四十大盗之“芝麻，开门！芝麻，开门！”亦不过如是。这都是属于尖端科技之类，一般大众一时尚无福消受，我们只好安于一束束的钥匙之缠身的累赘。

我相信每个人抽屉里都有一大把钥匙，大大小小，奇形怪状，而且是年湮代远，用途不明。尤其是搬过几次家的人，必定残留一些这样的废物。这与竹头木屑不同，保存起来他日未必有用。

把钥匙分组系在一起不失为良好的办法。钥匙圈尚焉。虽说是小玩意儿，但有些个制作巧妙，颇具匠心。我的钥匙圈十来个都是我的小宠物，还不时地添置新宠。常用的有下述几个：

一、照片框　心爱的照相两幅剪下装进框内。其中一幅少不得是我和白猫王子的合照。

一、英文字母　自己的姓氏第一个字 L，菁清的姓氏第一个字母 H。

一、铜铃一对　放在袋内，走路时哗铃哗铃响。

一、小刀　折刀很有用，裁纸削水果都用得着它。

一、指甲刀　指甲随时需要修剪，不可一日无此君。

一、小梳　有时候头发吹乱，小梳比五根手指有用。

一、饼干　方方的一块梳打饼干，微有烤焦斑痕，秀色可餐。

一、红中　一块红中麻将牌，可能是真的，角上穿孔系链。虽无麻将瘾，看了也好玩。

一、钱包　可以容纳硬币十枚八枚，打电话足够用。

花样繁多，不备载。

鼾

要想听人世间最美妙的音乐，莫过于夜阑人静，微闻妻室儿女从榻上传来的停匀的一波一波的鼾声，那时节我真个领略到“上帝在天，世上一片宁谧安详”的意境。

我初到南京教书那一年，先是被安置在一间宿舍里，可巧一位朋友也是应聘自北平来，遂暂与我同居一室。夜晚就寝，这位相貌清癯、仪态潇洒的朋友，头刚沾枕，立刻响起鼾声；不是普通呼噜呼噜的鼾声，他调门高，作金石声，有铜锤花脸或是秦腔的韵味，而且在十响八响的高亢的鼾声之后，还猛然带一个逆腔的回钩。这下子他把自己惊醒了，可是他哼哼唧唧地蠕动了几下，又开始奏起他的独特的音乐。我不知所措，彻夜无眠。

过两天这位朋友搬走了，又来了一位心广体胖、脂腴特丰的朋友，他在南京有家，看见我室有空床，决意要和我联床夜话。他块头大、气势足，鼾声轰隆轰隆，不同凡响。凡事应慎之于始，我立即拿起一只多余的绣花枕头，对准他的床上掷去，他徐徐地开言道：“你是嫌我鼾声太大么？”原来他尚未睡熟，只是小试啼声，预演的性质。我毫无办法，听他演奏通宵达旦。

我本来没有打鼾的习惯，等到中年发福，又常以把盏为乐，

“三日不饮酒，觉形神不复相亲”，于是三日一小饮，五日一大醉，隗然卧倒，鼾声如雷。我初不自知，当然亦不肯承认，可是家人指控历历如绘，甚至于形容我的呼声之高，硬说我一呼一吸之际，屋门也应声一翕一张。小女淘气，复于我鼾声大作之时，录声为证。无法抵赖，只得承招。但是我还要试为自己解脱，引证先贤亦复尔尔，不足为病，未可厚非。黄山谷题苏东坡书后有云：“东坡居士性喜酒，然不能四五龠，已烂醉就卧，鼻鼾如雷。”可见贤者不免，吾又何尤？

鼾声扰人，究竟不是好事。记得有人发明过一种“止鼾器”。睡时纳入口中，好像就能控制口腔内某一部分的筋肉使之不能颤动，自然就不会发出鼾声。我没见过这种伟大的发明，也不知道有什么情愿一试的人做过实验。这种东西没有流行到市面上来，很快地就匿迹销声，不是证明其为无效，是证明人对于鼾的厌恶尚未深刻到甘心情愿以异物纳入口腔的程度。

如果不是在人卧榻之侧制造噪音，扰人清睡，打鼾似乎没有多大害处。有些医学家可不这样想。报载：

> 【合众国际社密歇根安那柏一九七六年十一月十九日电】一位研究睡眠失常的专家指出，鼾声太大可能对健康有害；情况严重的，甚至会使你的心脏停止跳动。
>
> 史丹福大学[①]睡眠失常门诊中心主任狄蒙博士在密歇根大学的内科医师会议上指出，有打鼾毛病的人几乎

① 即斯坦福大学。——编者注

无法真正睡一晚好眠。

他说，鼾声大的人，每一千位成年男人中，平均有一人。当他睡着时心脏有停止跳动的危险。……当他们的喉头上部与口腔组织过度松弛时，就切断了通向肺部的空气。……这些睡眠者因此必须挣扎喘气，以吸取空气至肺内。严重时，此种循环一晚可能发生四百次，其中包括心跳不规则。这意味一个人在一年内有一千万次他的心跳可能停止的机会。我们猜测发生此种情形的次数，远较医学界所知者为多，因为此种病人醒着时没有心脏病的困扰，而且死后验尸也看不出此种症状。……

我们常听说到的所谓无疾而终，一睡不起，或是溘然坐化，也许其中一部分就是因为有严重的打鼾习惯。我不确知谁是因鼾而停止呼吸而猝然物化，不过打鼾的朋友们确是常有鼾声正酣之际陡然停止出声的情事。在这种情形中，醒着的人都为他担心，生怕他一时喘不过气来而发生意外。通常他是休止几秒钟便又惊醒过来的。陈抟高卧，动辄百余日不起，不知他最后是否于鼾眠中尸解。

若说鼾声悦耳，怕谁也不信。但也有例外，要看鼾声发自何人。我从前有一位朋友卜居青岛汇泉，推开屋门即见平坦广大的海滩，再望过去就是辽阔无垠的海洋，月明风清之夜，潮汐涨退之声可闻，景物幽绝。遥想当年英国诗人阿诺德在多汶海峡[①]听惊涛拍

① 今天称之为“多佛海峡”。——编者注

岸时所引发的感触，此情此景大概仿佛。我的朋友却不以为然，他说夜晚听无穷无尽的波涛撞击的音响，单调得令人心烦，海潮音实在听不入耳。天籁都不能令他动心，还有什么音响能令他欣赏呢？他正言相告："要想听人世间最美妙的音乐，莫过于夜阑人静，微闻妻室儿女从榻上传来的停匀的一波一波的鼾声，那时节我真个领略到'上帝在天，世上一片宁谧安详'的意境。"

好几年前，《读者文摘》有一篇说鼾的小文。于分析描述打鼾的种种之后，篇末画龙点睛地补上一笔："鼾声是不是讨人厌，问寡妇。"

汽车

汽车代表许多东西，优裕、娱乐、虚荣的满足，人们的青睐、殷勤，都会随以俱来。

在大雨中，我在路边踉跄而行。路的泥泞，像一只大墨盒，坑洼处形成一片断续的小沼。忽闻汽车声迎面而来，路上行人顿时起了骚动，纷纷地逃避，有的落荒而走，有的蹲在伞后作隐身于防御工事状。汽车过处，只听得訇然一声，泥浆四溅，腿脚慢一点的行人有的变成满脸花，有的浑身洒金，哭笑不得。这时候汽车里面坐着的士女懵然罔觉，怡然自若，士曰“雨景如绘”，女曰“凉意袭人”，风驰电掣而去，只留下受难的行人在那里怔愣诅咒。我回想起法国大革命的前夕，巴黎贵族们的高轩驷马，在街上也是横行直撞，也是把水坑里的泥浆泼溅在行人身上，行人脸上也冒着怒火。

汽车是最明显的阶级标识之一。如果去拜访一位贵友或是场面较大的机关，而你是坐着汽车去的，到门无须下车敲门投刺那一套手续，只消汽车夫呜呜地揿两声喇叭，便像是《天方夜谭》里盗窟的魔术一般，两扇大门砉然而开，一个穿制服的阍人在门旁拱立，春风满面，一头不穿制服的獒犬在另一边立着，尾巴摇动，满面春风，汽车长驱直入。但如果你是人力车的乘客，甚而是安步当车者流，于按门铃之后要鹄立许久，然后大门上开一小洞，里面露出两只眼睛，向你上下扫射，用喝门令的腔调问你找谁，同时獒犬大吠，大门一扇略开小缝，阍者堵着门缝向你盘查。如果应对得体，也许放你进去，也许还要在门外鹄立，等他去报告他也不知是否在家的主人。在许多人的眼里，人分两种：一种是坐汽车的人，一种是没得汽车坐的人。至于汽车是怎样来的，租的、买的、公家的、接收的，也没有关系。汽车的样式也没有关系，四方矗耸的高轩也行，摇几十下才能开动的也行，水缸随时开锅冒热气的也行，只要是个能走动的汽车，就能保证车里面的人受到人的待遇。

从宴会出来也往往不能避免一幕悲剧，兴阑人散，主人送客，门口一大串的汽车一个个地把客人接走。这时节你若是无车阶级的，便只好门前伫立，乘人不注意的时候拔步便溜，但是为顾全性命起见，又不能不瞻前顾后地逡巡、徘徊。好心肠的主人一眼瞥见，绝对不准你步行归家，你说想散步也不行，你说想踏月色也不行，非要仆人喊人力车不可。仆人跑到胡同口大喊："洋车！洋车！"声调凄绝，你和主人冷清清地立在门口，要说的话早已说完，该握的手早已握过，灯光惨淡，夜色阑珊，相对无言。有些更体贴的主人老早就替你安排，打听路线，求人顺便把你载回家去。这固然可以省却一番受窘，但是除了一饭之恩以外，又无端地加上了一回车送之恩！而且在车里你还不能咕嘟着嘴，须要强作欢颜，没话找话。

冯谖弹铗而歌，于食有鱼之后，就叹出无车，颇有见地，不是无病呻吟。想冯谖当时，必定饱受无车之苦。

世间最艳羡汽车者，当无过于某一些个女人。浓妆淡抹之后，风摆荷叶，摇曳生姿，而犹能昂然阔步一去二三里者，实在少见，所以古宜乘以油壁香车，今宜乘以汽车。精雕细塑的造像，自然应该衬上红木架座。我知道许多女人把汽车设备列为择偶的基本条件之一，此种设备究能保持多久固不敢必，总以眼前具备此种条件为原则。汽车本身的便利自不消说，由汽车而附带发生的许多花样可以决定整个的生活方式。对于她们，婚姻减去汽车而还能相当美满是不可能的。为了汽车而牺牲其他的条件，也是值得的交易。汽车代表许多东西，优裕、娱乐、虚荣的满足，人们的青睐、殷勤，都会随以俱来。至于婚姻的对方究竟是怎样的一块材料，那是次要的事。一个丈夫顶多重到二百磅，一辆汽车可以重到一吨，小疵大醇，轻重若判。

外国一位小说家新出一部作品，许多读者求他在作品上亲笔签署以为光宠，其中有一个读者不仅拿这一部新作品，而且把他过去的作品也都拿来请他签署。这个读者说他的妻子很喜欢他的作品，最近是她的生日，他想拿这一堆她所喜欢的作品作为生日礼物。小说家很是得意，欣然承诺之余，说："你想出其不意地给她一惊，是不是？""是的，她一定会大吃一惊，她原是希望生日那天能得一辆雪佛兰！"这是美国杂志上的一个小故事。在号称平均五人有一辆汽车的美国，也还有想得汽车而不可得的妻子，何况是在洋车、三轮车满街跑的国度里？

一队骆驼挂着铜铃，驮着煤袋，从城墙旁边由一个棉衣臃肿的乡下人牵着走过，那个侧影可以成为一幅很美妙的摄影题材，悬在外国人客厅里显着很朴雅可爱。外国人到中国来，喜欢坐人力车，跷起一条长腿拿着一根小杖敲着车夫的头指示他转弯，外国人喜欢看“骆驼祥子”，外国人喜欢给洋车夫照相。可是我们不愿保存这样的国粹，我们也要汽车载货，我们也要汽车代步。我们不要老牛破车，我们要舒适速度，汽车应该成为日用品。可是有一样，如果汽车几十年内还不能成为大众的日用品，只是给少数人利用享受，作为大众的诅咒的对象，这时节汽车便是有一点“不合国情”。

照相

孩子长大成人，男婚女嫁，自成一个单位，对于过去并不怎样眷恋，关心的是他的配偶、自己的儿女，感兴趣的是他自己的下一代。

人的眼睛像一架照相机，不，应该说照相机略似人的眼睛。人的眼睛，眨巴眨巴地自动启闭，自动调整焦距，自动缩放光圈，自动分辨色光，一瞬间把眼前景物尽收眼底，而且不需计算曝光时间，不需冲洗，不需晒印，不需更换底片，印象长久保存在脑海里，随时可以在想象中涌现。照相机哪有这样方便？

但是照相机仍是一项了不起的发明。照相术可以把一些景象留在纸上，可以留待回忆，可以广为流传，实在是相当神妙，怪不得早先有人认为照相是洋鬼子的魔术，照相机是剜了死人的眼珠造成的，而且照相机底板上的人的映像是头朝下脚朝天，照一回相就要倒霉一次。

从前照相不是一件小事。谁家里大概都保有几张褪了色的迷迷糊糊的前辈照相，父母的、祖父母的、曾祖父母的。从前的喜神是请画师手绘的，多半是人咽了气之后就请画师来，揭开殓布着着实实地看几眼，把脸上特征牢记于心，回去慢慢细描，八九不离十。有了照相之后，就方便多了，照片上打了方格子，比照投影，照猫画虎，画出来神情毕肖。人老了，总要照几张相。照相之前必定盛装起来，袍衬齐整如见大宾，手里拿着半启的折扇，或是揉着两只铁球。如果夫人合照，则男左女右，各据太师椅一张，正襟危坐，一个是双腿八字开，一个是两脚齐并拢，中间小茶几一个，上置水烟袋、盖碗茶，前面一定有一只高大瓷痰桶，这是照相时必须摆出的标准架势。如果家里人丁旺，祖孙三代济济一堂，一幅合家欢是少不了的，二老坐当中，儿子、媳妇、孙男女按照辈分、年秩分列两旁，或是像兔儿爷摊子似的站在后排。有人忌讳照合家欢，说是照了之后该进祠堂的人可能很快地就进了祠堂；其实不照合家欢，结果也是一样，还是及时照了好。早先照相好像只是照相馆的事。杭州二我轩照的“西湖十景”和“西湖一览”的横幅，有许多人家挂在壁上作为卧游的对象，以为平添了什么“雷峰夕照”“三潭印月”“花港观鱼”“平湖秋月”之类的点缀便增加几分风雅。北平廊房头条的容光照相馆门口，永远有两幅当今显要的全身放大照片，多半是全副戎装，肩头两大撮丝穗，胸前挂满各色勋章。照相馆不仅技术高，能把一幅叱咤风云踌躇满志的神情拍摄出来，而且手脚快，能于一夕之间随着政潮起落更换门前时势英雄的玉照。

我父执辈有一位蒙古王公，因为雄于资，以照相为消遣，开风气之先。风景人物一齐来。常是背着照相机拎着三脚架奔驰于玉泉山颐和园之间；意犹未足，在家里乘天气晴朗，关起屏门，呼妻唤妾，小院里春光荡漾，一一收入镜头，甚至召来男女演员裸体征逐，拍摄所得细腻处，胜过仇十洲的春宫秘戏。后来这位先生患了丹毒，浑身浮肿，头大如斗，化为一摊脓血而亡，有人说他照相伤了阴德。

我在二十二岁开始玩照相。第一架“柯达克”，长方形厚厚的一个匣子，打开匣子就自动拉出打褶的箱身，软片一搭子十二张，用一张抽一张，虽然简陋，比照相师把头蒙在黑布下装玻璃板要方便多了。后来添置了三脚架、自动计时器，调整好光圈、距离，按下快门之后，三步并做两步地走到前面，“咔啦”一声，把自己照进去了，好得意。照相而不能自己洗晒，究竟不能十分满足，可是看了人家躲在厕所里遮上窗户用自制的一盏红灯埋头冲洗，闷出一头大汗，洗出来未必像样，那份洋罪我不想受。照相机日新月异，看样子永远赶不上潮流，新器材的发明永无终止，谁愿意投资于无底洞，于是我把照相这一桩嗜好刚要形成的时候就戒掉了。如今视力茫茫，两手微颤，想再重拾旧趣亦不可得。若是有人要给我照相，只要不嫌老丑，我是来者不拒，而且不需特别要求，不需请我说一声 Squeeze，我会不吝报以微笑。印出来送我一张，多谢盛情，不送也无妨，可能是根本没洗出来。

很多做父母的非常钟爱他们的孩子，孩子尚在襁褓，就要给他照相留念，然后每隔周岁再照一张，说是给孩子生长过程留下一点痕迹，以为他日追忆过去之资，实则是父母满足他们自己钟爱之情。看着自己的骨肉幼苗逐年茁大，自有一种不可言说的快感。孩子长大成人，男婚女嫁，自成一个单位，对于过去并不怎样眷恋，关心的是他的配偶、自己的儿女，感兴趣的是他自己的下一代。我曾亲见一个孩子长大，授室前夕，他的母亲把他从小到大的照片簿交付给他，他说：“你留着自己观赏吧，我不想要。”

他的母亲好伤心。

结婚照大概是人人都很珍惜的，尤其是新娘子的照相，事前上装、美容、做发，然后经照相师的左摆布右摆布，非把观礼的亲友等得望穿秋水、神黯心焦不能露面。慢工出细活，结婚照相当然是俊俏美观，当事人看了扬扬得意，乐不可支，必定要彩色放大，供在案头、悬在壁上——“美的东西是永久的快乐”。乐还要别人分享，才能大乐特乐，于是加印多张，到处投赠，希望别人惠存留念。但是据我所知，凡是以结婚照片赠人者，那些美丽的照片之短期内的归宿大概是——字纸篓。

正月十二

枪声越来越密，比除夕热闹多了。东南方火光冲天，把半边天照得通亮，火星飞舞，像是有人在放特大号“太平花”。

民国元年二月，正是阴历辛亥年的年下，那时我十岁，刚剪下小辫不久。北平风俗过年，通常是从十二月二十三日祭灶起，一直到正月十五灯节为止，足足要热闹半个多月。那一年的阴历新春正月十二日是阳历二月几日，我已记不清楚，不过那个阴历的正月十二日却是所有北平人都不会忘记的一个日子。这个日子距今六十年了，那一天发生的事想起来如在目前。

每逢过年，自除夕起，我家里开赌戒。我家里根本没有麻将牌，听说过，没见过。我到二十多岁才初次看到别人做方城戏。所谓开赌戒，不过是从父亲锁着的抽屉里取出一个小包包，打开包包取出一个象牙盒，打开盒子取出六颗骨头做的骰子，然后把骰子放在一只大海碗里，全家大小十口围着上屋后炕上的桌子“哗喇哗喇”地掷状元筹，如是而已。可是每个人下三十二个铜板的赌注，堆在大碗周围，然后轮流抓起骰子一掷，呼卢喝雉，也能领略到一点赌徒们所特有的紧张与兴奋。正月十二那天晚上，大家饭后不期而集，围着后炕桌子，赌兴正酣，忽然听到一阵“噼噼啪啪”的响，大家一愣。爆竹一声除旧，快吃元宵了，还放什么鞭炮？父亲沉下了脸，皱起眉头说：“不对，这声音太尖太脆，怕不是爆竹。”正惊讶间，“乒乒乓乓”的声音更紧凑更响亮了。当然比爆炒豆的声音大得多，而且偶然听到划破天空的呼啸而过的嘶响。

我父亲推开赌碗，跑到西厢房去打德律风。德律风者，那时的电话之称，安装在墙上，庞然大物，“呜呜”地摇半天才能叫号通话。德律风打到京师警察厅，那边的朋友说，兵变了，拱卫京师的曹锟部下陆军第三镇驻扎在东城城根儿禄米仓的士兵哗变了！未得其详，电线中断，随后电灯也灭了，一片黑暗。禄米仓离我家不远，怪不得枪声那么清脆可闻。

枪声越来越密，比除夕热闹多了。东南方火光冲天，把半边天照得通亮，火星飞舞，像是有人在放特大号“太平花”。后来知道这是变兵劫掠东安市场，顺手放一把火示威。这时候天上疏疏落落地掉下了一些雨点，有人说是天哭了！胡同里出奇的寂静，没有人声。

我父亲要我们大家戒备，各自收拾东西。家里没有什么细软，但是重要契据、文件打了两个小包袱。我们弟兄姊妹每人都有一点体己。我有一个绒制小口袋，原是装巧克力的，是祁罗福洋行老板送给我的，我二姊说那种黑不溜秋的糖像猴屎，不会好吃，我就把糖果抛弃，留下那只口袋装钱，全部积蓄有三十几块。我把口袋放在桌上，若有个风吹草动，预备抓起口袋就跑。

胡同里有了呼唤声、脚步声，由远而近，嘈嘈杂杂，像潮水涌来。家门口响起两声枪，子弹打在门上，门皮比较厚，没有打穿，随后又有砸门声。看门的南二慌慌张张地跑进里院，大喊:“来了，来了！”我们立刻集中到后院，搬梯子，翻墙，躲在墙外邻家的天沟上。打杂的用人辛二仓皇中躲进了跨院的煤堆后面，幸亏有他留在地面，发生了很大的作用。变兵打不开大门，就爬电线杆翻入临街的后窗，然后开启大门放进大批的弟兄。据估量，进来的大兵至少有十个八个，因为他们搜劫东西之后抛下的子弹一排排的不在少数。算是洗劫，不过洗得不干净，一来没有电灯照明，二来缺乏经验不大知道挑拣，三来每人只有两只手拿不了许多，抢劫历时约二三十分钟，呼啸而出，临去还放几枪留念。煤堆后面的辛二听得没有响动，蹑手蹑脚地出来先关上大门，然后喊我们下地。比兵劫更可怕的是地痞流氓乘机接着抢掠，他们抢起来是穷凶极恶、细大不捐，真能把一家的东西搬光，北平语谓之“扫营儿”。辛二把大门一关，扫营一幕幸而得免。

事后我们检查，损失当然很重，不过也有很多东西该拿而没有拿，不该拿而拿了的。我的那一小袋储蓄，我临时忘携带，平白地奉献了。北平住家的人，家里没有多少贵重物品，箱柜桌椅之类死沉死沉的，抬也抬不动，所以大兵进宅顶多打开钱柜（北平家家都有的木箱形上面开盖的那种钱柜），拿去几十包放在钱板子上的铜板，运气好些的再拿去几只五十两一个的银元宝，再不就是从墙上表盒里拿去十个二十个形形色色的怀表。古玩陈设，他们不识货，只知道拣大个的拿。所以变兵真正地大发利市，另有两种去处，一个是当铺，一个是票庄。前者有物资，后者有现款。大票庄、大当铺都集中在东城，几乎无一幸免，而且比较黑心的掌柜于劫掠之后自己放一把火，混水摸鱼。从此票庄完全消灭，大当铺也无复昔日的繁荣，多少和票庄、当铺保有密切关系的中产阶级家庭，也从此一蹶不振而中落了。

变兵在东城闹了一夜，黎明波及西城。东城只剩下一般宵小纷纷做扫营的工作。我从大门缝往外看，看见一位苦哈哈抱着一只很大很大的百鹿敦，踽踽而行。路面冰冻，一不小心跌了一跤，敦破，洒在地上的是一堆白米！变兵少数在城内逗留，大部分出西直门而去。这时候驻扎在张家口的姜桂题部下的军队（号称“毅军”）奉命开来平乱。正遇见大队变兵，于是大举歼灭。可怜的人，辛苦了一夜，命在须臾。城里面的地痞流氓正在得意忘形自由行动，想不到突然间有人来执法以绳，于是又有不少的人头挂在高竿之上了。我和哥哥商量，想出去看看人头，父母不准我们去。后来看到了照片，那样子很难看。

戏剧性的一场灾祸在新年演出，幕启幕落都十分突兀。那些放枪的、扫营的，不过是跑龙套的而已。演重头戏的是曹锟，而发纵指使的是民国第一任总统袁世凯。他当选总统而不欲南下就职，为寻求借口，于是导演了这样的一出独幕闹剧，为几十万北平居民作新春点缀！迩后又有一出新华春梦，一出贿买大选，丑戏连台，实在不足为怪，我们应该早看出一点头绪。

看报

看报也常误事。我一年之内有过因为看报，而烧黑了三个煮菜锅的纪录。这是我对于报纸的功能之最高的称颂。报纸能令人忘记锅里煮着东西！

早晨起来，盥洗完毕，就想摊开报纸看看。或是斜靠在沙发上，翘起一条腿，仰着脖子，举着报纸看。或是铺在桌面上，摘下老花眼镜，一目十行或十目一行地看。或是携进厕所，细吹细打翻来过去地看。各极其态，无往不宜。假使没有报看，这一天的秩序就要大乱，浑身不自在，像是硬断毒瘾所谓“冷火鸡”。翻翻旧报纸看看，那不对劲，一定要热烘烘的刚从报馆出炉的当天的报纸看了才过瘾。报纸上有什么东西这样摄人魂魄令人倾倒？惊天动地的新闻、回肠荡气的韵事，不是天天有的。不过，大大小小的贪赃枉法的事件、形形色色的社会新闻，以及五花八门的副刊，多少都可以令人开胃醒脾，耳目一新。抛下报纸便可心安理得地去做一个人一天该做的事去了。有些人肝火旺，看了报上少不了的一些不公道的事、颟顸糊涂的事、泄气的事、腌臜的事，不免吹胡瞪眼，破口大骂。这也好，让他发泄一下免得积郁成疾。也有些人专门识小，何处失火、何人跳楼、何家遭窃、何人被绑，乃至于哪家的猪有五条腿、哪家的孩子有两个头，都觉得趣味横生，可资谈助。报纸的诱惑力实在太大了，怎可一日无此君？

我看报也有瘾。每天四五份报纸，幸亏大部分雷同，独家报道并不多，只有副刊争奇竞秀各有千秋，然而浏览一过择要细看，差不多也要个把钟头。有时候某一报纸缺席，心里辄为之不快，但是想想送报的人长年的栉风沐雨，也许有个头痛脑热，偶尔歇工，也就罢了。过阴历年最难堪，报馆休假好几天，一张半张地凑合，乏味之至。直到我自己也在报馆做一点事，才体会到报人也需要逢年轻松几天，这才能设身处地不忍深责。

报纸以每日三张为限，广告至少占去一半以上，这也有好处，记者先生省却不少编撰之劳，广告客户大收招徕生意之效，读者亦可节省一点宝贵时间。就是广告有时也很有趣。近年来结婚启事好像少了，大概是因为红色炸弹直接投寄收效较宏。可是讣闻还是相当多，尤其是死者若是身兼若干董监事，则一排讣闻分别并列，蔚为壮观。不知是谁曾经说过：“你要知道谁是走方郎中江湖庸医么，打开报纸一索便得。”可是医师的广告渐渐少了，药物广告也不若以前之多了。密密麻麻的分类广告，其中藏龙卧虎，有时颇有妙文，常于无意中得之。

报纸以三张为限，也很好。看完报纸如何打发，是一个问题，沿街叫喊“酒千唐贝波”的人好像现已不常见。外国的报纸动辄一百多页，星期天的报纸多到五百页不算稀奇。报童送报无论是背负还是小车拉曳，都有不胜负荷之状。看完报纸之后通常是积有成数往垃圾桶里一丢，也有人不肯暴殄天物，一大批一大批地驾车送到指定地点做打纸浆之用。我们报纸张数少，也够麻烦，一个月积攒下来也够一大堆，小小几坪的房间如何装得下？不知有人想到过没有，旧报纸可以拿去做纸浆，收物资循环之效。

从前老一辈的人，大概是敬惜字纸，也许是爱惜物资，看完报纸细心折叠，一天一沓，一月一捆，结果是拿去卖给小贩，小贩拿去卖给某些店铺，作为包装商品之用。旧报纸如何打发固是问题，我较更关心的是：看报似乎也有看报的道德，无论在什么场合，看完报纸应该想到还有别人要看，所以应该稍加整理、稍加折叠。我不期望任谁看过报纸还能折叠得见棱见角，如军事管理之叠床被要叠得像一块豆腐干，那是陈义过高近于奢望，但是我也看不得报纸凌乱地抛在桌上、椅上、地上，像才经过一场洗劫。

有一阵电视上映出两句标语：“饭前洗手，饭后漱口。”实在很好，功德无量。我发现看完报纸之后也要洗手。看完报纸之后十根手指像是刚搓完煤球。外国报纸好像污染得好一些，我不知道他们用的油墨是什么牌子的。

看报也常误事。我一年之内有过因为看报，而烧黑了三个煮菜锅的纪录。这是我对于报纸的功能之最高的称颂。报纸能令人忘记锅里煮着东西！

健忘

玛克斯·奥瑞利阿斯说："我们遇到忘恩负义的人不要惊讶，因为世界上就是有这样的一种人。"

是爱迪生吧？他一手持蛋，一手持表，准备把蛋下锅煮五分钟，但是他心里想的是一桩发明，竟把表投在锅里，两眼盯着那个蛋。

是牛顿吧？专心做一项实验，忘了吃摆在桌上的一餐饭。有人故意戏弄他，把那一盘菜肴换为一盘吃剩的骨头。他饿极了，走过去吃，看到盘里的骨头叹口气说："我真糊涂，我已经吃过了。"

这两件事其实都不能算是健忘，都是因为心有所旁骛，心不在焉而已。废寝忘餐的事例，古今中外尽多的是。真正患健忘症的，多半是上了年纪的人。小小的脑壳，里面能装进多少东西？从五六岁记事的时候起，脑子里就开始储藏这花花世界的种种印象，牙牙学语之后，不久又"念、背、打"打进去无数的诗云、子曰，说不定还要硬塞进去一套 ABCD，脑海已经填得差不多，大量的什么三角儿、理化、中外史地之类又猛灌而入，一直到了成年，脑子还是不得轻闲，做事上班、养家糊口，无穷无尽的茸阘事由需要记挂，脑子里挤得密不通风，天长日久，老态荐臻，脑子里怎能不生锈发霉而记忆开始模糊？

人老了，常易忘记人的姓名。大概谁都有过这样的经验：蓦地途遇半生不熟的一个人，握手言欢老半天，就是想不起他的姓名，也不好意思问他尊姓大名，这情形好尴尬，也许事后于无意中他的姓名猛然间涌现出来，若不及时记载下来，恐怕随后又忘到九霄云外。人在尚未饮忘川之水的时候，脑子里就开始了清仓的活动。范成大诗：“僚旧姓名多健忘，家人长短总佯聋。”僚旧那么多，有几个能令人长相忆？即使记得他相貌特征，他的姓名也早已模糊了，倒是他的绰号有时可能还记得。

不过也有些事是终身难忘的，白居易所谓“老来多健忘，唯不忘相思”。当然相思的对象可能因人而异。大概初恋的滋味是永远难忘的，两团爱凑在一起，迸然爆出了火花，那一段惊心动魄的感受，任何人都会珍藏在他和她的记忆里，忘不了，忘不了。“春风得意马蹄疾”的得意事，不容易忘怀，而且唯恐大家不知道。沮丧、窝囊、羞耻、失败的不如意事也不容易忘，只是捂捂盖盖的不愿意一再地抖露出来。

忘不一定是坏事。能主动地彻底地忘，需要上乘的功夫才办得到。《孔子家语》：“哀公问于孔子曰：‘寡人闻忘之甚者，徙而忘其妻，有诸？’孔子曰：‘此犹未甚者也。甚者乃忘其身。’”徙而忘其妻，不足为训，但是忘其身则颇有道行。人之大患在于有身，能忘其身即是到了忘我的境界。常听人说，忘恩负义乃是最令人难堪的事之一。莎士比亚有这样的插曲：

吹，吹，冬天的风，
你不似人间的忘恩负义
那样的伤天害理；
你的牙不是那样的尖，
因为你本是没有形迹，
虽然你的呼吸甚厉。……
冻，冻，严酷的天，
你不似人间的负义忘恩
那般的深刻伤人；
虽然你能改变水性，
你的尖刺却不够凶，
像那不念旧交的人。……

其实施恩示义的一方，若是根本忘怀其事，不在心里留下任何痕迹，则对方根本也就像是无恩可忘无义可负了。所以崔瑗座右铭有“施人慎勿念，受施慎勿忘”之语。玛克斯·奥瑞利阿斯说：“我们遇到忘恩负义的人不要惊讶，因为世界上就是有这样的一种人。”这种见怪不怪的说法，虽然洒脱，仍嫌执着，不是最上乘义。《列子·周穆王》篇有一段较为透彻的见解：

宋阳里华子，中年病忘。朝取而夕忘，夕与而朝忘；在途则忘行，在室则忘坐；今不识先，后不识今。阖家苦之。巫医皆束手无策。鲁有儒生自媒能治之。华子之妻以所蓄资财之半求其治疗之方。儒生曰："此非祈祷药石所能治。吾试化导其心情，改变其思虑，或可愈乎？"于是试露之，而求衣；饥之，而求食；幽之，而求明。儒生欣然告其子曰："疾可除也，然吾之方秘密传授，不以告人。试屏左右，我一人与病者同室为之施术七日。"从之。不知其所用何术，而多年之疾一旦尽除。华子既悟，乃大怒，处罚妻子，操戈逐儒生。宋人止之，问其故。华子曰："曩吾忘也，荡荡然不觉天地之有无。今顿识既往，数十年来存亡得失、哀乐好恶，扰扰万绪起矣。吾恐将来之存亡得失、哀乐好恶之乱吾心如此也。须臾之忘，可复得乎？"子贡闻而怪之。孔子曰："此非汝所及也。"

人而健忘，自有诸多不便处。有人曾打电话给朋友，询问自己家里的电话号码。也有人外出餐叙，餐毕回家而忘了自家的住址，在街头徘徊四顾，幸而遇到仁人君子送他回去。更严重的是有人忘记自己是谁，自己的姓名、住址一概不知，真所谓物我两忘，结果只好被人送进警局招领。像华子所向往的那种"荡荡然不觉天地之有无"的境界，我们若能偶然体验一下，未尝不可，若是长久地那样精进而不退转，则与植物无大差异，给人带来的烦扰未免太大了。

敬老

人最怕的就是没有饭吃，尤其是怕老来没有饭吃。

重九那一天，报纸上嚷嚷说要敬老。我记得前几年敬老还有仪式，许多七老八十的人被邀请到大会堂，于敬聆官长致词之后，各得大碗面一碗，“呼噜呼噜”的当众表演吃面。在某一年，其中有某一位老者，不知是临面欢欣兴奋过度，还是饥火烧肠奋不顾身，竟白眼一翻当场噎死。从此敬老之面因噎废食，改为亲民之官致送礼品。根据《礼记·曲礼》“七十曰老”，我们这个市里七十以上的达一万七千多位，所以市长纡尊降贵，亲自登门送礼致敬的则限于年在百龄以上之人瑞，所以表示殊荣。

重九很快地过去，报纸忙着嚷嚷别的节日，谁还能天天敬老？一年一度，适可而止。敬老之事我已淡忘，有一天里干事先生亲自骑着脚踏车送来纸匣装着的饭碗一对，说明这是赠给拙荆的。不错，她今年七十，我还不够资格，我须到明年才能领受饭碗。我接过纸匣，手上并不觉得沉甸甸，知非金碗，当即放心收下。里干事先生掉头而去，我看他脚踏车上后面一大纸箱，里面至少有几十匣饭碗。

这一对饭碗，白白净净，光光溜溜，碗口好像微有起伏不平之状，碗底有英文字样，细辨之则为“Chilong China”，显然是准备外销或已外销而又被退回的国货。是国货我就喜欢。碗上有两丛兰花，像郑思肖画的露根兰花——不，不是兰花，是稻谷，所谓嘉禾。碗上朱笔写着“五十九年老人节纪念，台北市长高玉树敬赠”。我把玩了一阵，实在舍不得天天捧着使用，只好放在柜橱里什袭藏之。

饭碗当然是以纯金制者为最有分量，但是瓷质饭碗也就足够成为吉祥的象征。民以食为天，人最怕的就是没有饭吃，尤其是怕老来没有饭吃。饭碗是吃饭的家伙，先有了饭碗然后才可以进一步往里面装饭。若能把两碗饭装在一只碗里，高高的，凸凸的，吃起来碰鼻头，四川人所谓的“帽儿头”，那是人生最高境界。即或碗内常空，或只能装到几分满，令人吃不饱饿不死，也能给人带来一份职业清高的美誉。多少人栖栖惶惶地寻找饭碗，多少人蝇营狗苟地谋求饭碗，又有多少人战战兢兢地唯恐打破饭碗！

老年饱经世变，与人无争，只希望平平安安的有碗饭吃，就心满意足，所以在这时节送上饭碗一对，实在等于是善颂善祷，努力加飧饭，适合国情之至。

敬老尊贤四个字是常连用的，其实老未必皆贤，老而不死者比比皆是，贤亦未必皆老，不幸短命死矣的人亦实繁有徒，唯有老而且贤，贤而且老，才真值得受人尊敬。

这种事，大家都宁愿睁一眼闭一眼，不欲苦追求。

百龄人瑞，年年有人拜访，叩问的大率是养生之术，不及其他，可以说是纯敬老。

爆竹

盒子高高地在木架上悬起，点放之后，一层层地翻开挂落下来，无非是一些通俗故事，辉煌灿烂，蔚为奇观。

爆竹，顾名思义，是把一截竹竿放在火里使之发出爆声。《荆楚岁时记》：“正月一日……鸡鸣而起，先于庭前爆竹，以辟山臊恶鬼。”山臊是什么？《神异经》云：“西方山中有人焉，其长尺余，一足，性不畏人，犯之则令人寒热，名曰山臊。”这一尺多高的小怪物及其他恶鬼，真是胆小，怕听那一声爆竹！而且山臊恶鬼也蠢得很，一定要在那三元行始之日担惊受怕的挨门逐户去听那爆竹响！

由于我们的三大发明之一的火药出现，爆竹乃向前迈一大步，不用竹而改用纸，实以火药，比投竹于火的爆烨之声要响亮得多，名之曰爆仗，可能是竹与仗的一声之转。爆仗便于取携施放，其用途乃大为推广，时至今日，除了一声除旧之外，任何季节大典或细端小故皆可随时随地试爆，法所不禁。娶媳妇当然要放，出殡发丧也要放，店铺开张要放，服役入营也要放，竞选游街要放，赔礼遮羞也要放，破土上梁要放，小孩打球赢了也要放……而且放的不是单个的小小的爆仗，是千头百子的旺鞭，震地价响！响声起后，万众欢腾，也许有高卧未起的人，或胆比山膘还小的人，或耳鼓膜不大健全的人，会暗地里发出一声诅咒，但被那鞭声掩了，没有人听得见。一串鞭照例是殿以一声巨响，表示告一段落，窄街小巷之间，往往硝烟密布，等着微风把它吹散，同时邻人、路人当然也不免每人帮忙吸取几口，最多是呛得咳嗽一阵。爆仗壳早已粉身碎骨狼藉满地，难得有人肯不辞劳苦打扫一番，时常是风吹雨淋，一部分转入沟壑，以为异日下水道阻塞之一助。

记得儿歌有云：“新年来到，糖瓜祭灶，姑娘要花，小子要炮，老头子要买新毡帽，老婆子要吃大花糕。”“小子要炮”，就是要放爆竹。予小子就从来没有玩过炮。“大麻雷子”的轰然巨响能吓死人，我固不敢动它，即使最小的“滴滴金儿”最多泚的一声，我也不敢碰，要我拿着一根点着了的香去放，我也手颤。院子中间由别人放一两只“太平花”，我在一旁观看，那火树银花未尝不可一顾，但是北地苦寒，要我久立冻得发抖，我就敬谢不敏了。稍长，在学校里每逢国庆必放烟火，大家都集在操场里。先是一阵“炮打灯”“二踢脚子”，最后大轴子戏是放“盒子”。盒子高高地在木架上悬起，点放之后，一层层地翻开挂落下来，无非是一些通俗故事，辉煌灿烂，蔚为奇观。这时候大家一起鼓掌欢呼，礼成，退。

我家世居北平，未能免俗，零售爆竹的地方是在各茶叶铺里，通常是在店内临时设立摊子贩卖，营业所得是伙计们过年的外快。我家里的爆竹，例由先君统筹统办，不假孩子们之手。年关将届之时，家君就到琉璃厂九隆号去采办。九隆号是北平最老的爆竹制造厂，店主郑七嫂和我还有一点亲戚的关系，我应称为舅妈。九隆在琉璃厂西头路北，小小的门面一间，可是生意做得很大，一本万利，半年没有生意，全家动员制作爆竹，干了存着，年终发信。家君采办的货色，相当齐全，我印象较深的是“飞天七响”“炮打襄阳”，尤其是“炮打襄阳”，蓬然一声，火弹飞升，继之以无数小灯纷纷腾射，状至美观，而且还有一点历史的意义。以黑色火药及石弹为炮，始自元人，攻打襄阳时即是使用此一利器。观赏“炮打襄阳”时，就想到我们发明火药虽非停留在儿童玩具阶段，实际上亦使用于战争，唯以后未能进步而已。几小时所见爆竹烟火花色甚多，唯“旗火”则不准进我家门，因为容易引起火灾。我如今看到爆竹，望望然去之，我觉得爆竹远不如新毡帽之重要。若是在街上行走，有顽童从暗处抛掷一枚爆竹到我脚下，像定时炸弹似的爆发，我在心里扑扑跳之际也会报以微笑，怜悯他没有较好的家教与玩具。

七月四日是美国独立纪念日，就算是他们的国庆，前一星期在街道上就有征候，不是悬灯结彩，也不是搭盖临时的三合板牌楼，而是街边隙地建立一些因陋就简的木舍，里面陈列着稀稀拉拉的一些爆竹。在纪念日前夕，就有成群的孩子，围在那里挑挑拣拣地购买。木舍盖在隙地，大有道理。我在九隆亲见一位老者，口衔雪茄走进店里，店主大骇，来不及开言就把他推出店外，然后才向他解释点燃的雪茄就像划着了的火柴。我在旁观，也不由得一怔。美国平日禁止燃放爆竹，只有在纪念日前后才解禁数天，所以孩子们憋一年才能放肆一次。婚丧大事之类，美国人静悄悄的真不知是怎样过的！那些木舍，我也曾挤进去参观，尽是些小品，甚少巨制，而且质地粗糙，不堪入目。可是我伸手拿起一看，大部分是我们的外销品。我的观感登时又有改变，好像是他乡遇故知，另有一番亲热。只是盼望我们的外销品能有大手笔，不尽是小儿科。

高尔夫

> 脑满肠肥的人，四体不勤的人，出去活动活动筋骨，总比在灯红酒绿的俱乐部里鬼混，或是在一掷万金的赌窟里消磨时光，要好得多。

高尔夫是洋玩意儿，哪一种球戏不是洋玩意儿？半个世纪前，我看到洋人打高尔夫，好像只有豪门巨贾才玩那种球戏，政坛显要不大参与其间。知识分子还不时地加以嘲笑，称之为TBM的消闲之道。TBM是“倦了的商界人士”之简称，多少带有贬义。商业大亨在豪华的办公室内精打细算，很费脑筋，一个星期下来头昏脑胀，颇想到郊外走走，换换空气，高尔夫恰好适合这种要求。

一片片的绿草如茵，一重重的冈峦起伏，白云朵朵，暖风习习，置身在这样的环境中，能不目旷神怡？在发球区的球座上放一只小小的坑坑麻麻的白色小球，然后挺直身子，高高举起杆子，扭腰，转身，飕的一下子挥杆打击出去，由于技术高或是运气好，这一下子打着了，球飞跃在半天空。这时节还不忙着把身体恢复原状，不妨歪着脑袋欣赏那只球远远地飞腾，自己惊讶自己怎有此等腕力。过几秒钟，开步向前走，自有球童跟着为你背那一袋大大小小的球棒，快步慢步由你，没人催没人赶，一杆一杆地把那小白球打进洞里。打完九个洞或十八个洞，腿也酸了，人也乏了，打道回家，洗澡吃饭。这就是标准的 TBM 周末生活方式。

“高尔夫”源自苏格兰。起初并无光荣历史。大约是在十五世纪初期，在离爱丁堡之北约五十里处的圣安德鲁斯，才有人开始打高尔夫，但是也有人说是起源于荷兰，因为高尔夫是荷兰语，意为杆。更有人说较早的球杆不过是牧羊的曲杖，牧羊人一面看羊群吃草，一面以杖击石为戏。这一说也没有什么稀奇，我们台湾的红叶少棒队当初也是一群穷孩子用树枝木棒打石子苦练成功的。一四五七年，苏格兰王哲姆斯二世时代，议会通过法案“足球与高尔夫应严行取缔”，主要原因是球戏无益，浪费时间，而且不是高雅的消遣。士大夫正当活动应该是练习射箭，我们古代六艺中之所谓“射”，射是保卫国家的技能。哲姆斯四世本人爱打高尔夫，可是他也承认高尔夫耗时无益。人民不听这一套，爱打高尔夫的越来越多。十六世纪中，苏格兰女王玛丽成为历史上第一位出名的高尔夫女将。她呼球童为 caddie，这是一个法文字，因为她是在法国受教育的。

高尔夫盛行于美国，是有道理的，那里的 TBM 特别多。据说如今美国有一万二千五百个高尔夫球场（公私合计），打高尔夫的有一千六百万人之多，每年总共投资进去在三亿五千万美元以上。脑满肠肥的人，四体不勤的人，出去活动活动筋骨，总比在灯红酒绿的俱乐部里鬼混，或是在一掷万金的赌窟里消磨时光，要好得多。打高尔夫的不仅是商人了，政界人士也跟踪而进。本来开杂货店的卖花生的摇身一变可以成为总统，做大官的摇身一变也可以成为什么董事长总经理之类，其间没有太大的区别，打高尔夫，有钱就行。有人说，高尔夫应该译为高尔富，不无道理。

日本是战败国，但也是暴发户，而且传统的善于东施效颦。据说高尔夫在日本也大行其道。最近十年中，日本的高尔夫运动的人口已经突破一千万人大关。全国每十二个人当中便有一个打高尔夫。全国大大小小的高尔夫球场有三百四十几个。要想打高尔夫需要先行入会，入会费高低不等，最低的日币二三十万元，高的达到二千万至三千万元之数，而以小金井高尔夫球场为最高，高到九千万。会员证可以买卖转让，有行情，可以分期付款。所以高尔夫不仅是消闲运动，还是一种投资，亏得日本人想得出这种鬼主意。

不要说我们台湾地窄人稠，不要说我们的生存空间不多，试看我们的各大都市郊外哪一处没有一两个规模不小的高尔夫球场？其中颇有几个人影幢幢在那里挥杆走动。我是没有资格打高尔夫的，但是“同学少年多不贱”，很有几位是有资格的，好多年前，我去拜访一位老同学，他正在束装待发，要去北投挥杆。说好说歹，把我拉上车去要我陪他去走一程，并告诉我北投球场的担担面很有名，他要请我吃面。我去了，我看了，我吃了，可是事后想想，我付了代价。在草地上走了好几个钟头，只为了看着那个小白球进洞，直走得两腿清酸。一洞又一洞，只好一路向前，义无反顾。吸进的新鲜空气固然不少，喷出去的喘气也很多。好不容易地绕了一个大圈子，绕回出发的地方，朋友没食言，真个请了我吃担担面，当时饥肠辘辘，三口两口吞下肚，也不知道滋味如何。低头看着自己的两只脚，鞋子上沾满雨露湿泥，归去费了好大劲才刷洗干净，以后还想再去参观别人打高尔夫么？永不，永不，永不！

真有人劝我加入高尔夫的行列。他们说除了消闲运动之外，还有奥妙无穷。我想起了两个故事，一个是晋惠帝九岁时，天下糜沸，民多饥死，帝曰：“何不食肉糜？”一个是法国路易十六之后玛丽安朵奈闻人民叫嚣，后问左右，曰：“人民无面包吃，故聚众鼓噪。”后曰：“何不食蛋糕？”朋友怪我久居都市，心为形役，何不驱车上草原，打个十洞八洞，一吐胸中闷气？我无以为对。我宁可黎明即起，在马路边独自曳杖溜达溜达。

雅人雅事

据说有一位刻薄的人，游某名胜，看看墙上题诗甚多，皆不称意，于是也援笔立题一绝曰："放屁在高墙，如何墙不倒？细看那边时，原来抵住了！"

项高顶白的一垛山墙，太没有意思，太不雅观，我们最好在上面题一首诗。在山清水秀的风景所在，题诗在壁上尤其是一件不可少的举动。然而这一件雅事只能在我们雅人最多的中国举行。谓余不信，请你环游全球的风景所在，然后再回到我们中国来，较比较比看，什么地方壁上题的诗多。

我说壁上题诗，是雅人雅事。第一题诗非要诗人不可，这一来我们中国人就占便宜，随便张三李四都可以做两首诗。用心一点的，作出诗来有时平仄还可以调。上海街旁告地状的朋友，那一位不是诗中圣手？他们能够把衷肠积愫千言万语，都编成七个字一句，七个字一句的，不多不少，整整齐齐，这就不容易。他们既能告地状，便可以告墙状。我们中国诗人之多，似乎也就不难于想象了。

第二，题诗要求其历久不灭。于是在工具上不能不讲求，我们中国的笔墨是再好不过。外国人里也有一两个平仄尚调的诗人，但是一管自来水笔何能在墙上题诗，诗兴来时只得嘴里哼哼两声了事，所以题壁的雅事不能不让我们中国人独步了。还有，题诗要题在高不可攀、深不可探的地方，才能历久不灭。寺殿上的匾额，我们若能爬上去题上一首五言绝句，别人一定不易拂拭磨灭，说不定这首诗就许传了。山谷间的摩崖，谁也不去损伤他，也是最妙的地方。所以题诗要题得满坑满谷，愈奇特的地方愈妙。然而这攀高寻幽的举动，又非雅人不办。

壁上题诗的雅人，最要紧的是胆大。诗的好坏没有大关系，只要能把墙壁上空白的地方补满，便算功德。据说有一位刻薄的人，游某名胜，看看墙上题诗甚多，皆不称意，于是也援笔立题一绝曰："放屁在高墙，如何墙不倒？细看那边时，原来抵住了！"这位先生一定是缺乏鉴赏文学的力量，才做此怪论。题诗雅人，大可不必理他。

天性不近乎诗的人，想来也不少，但是中国的墙壁的空白还有不少，为雅观起见，非要涂满不可的。很多读书识字的人早就有鉴于此，所以往往不题诗而题尊姓大名，并纪来游之年月日。我们游赏名胜的时候，借此可以知道时贤足迹所至，或者也可以增加这名胜地方的历史价值，也未可知。所以壁上题名，间接着也是保存名胜的一点意思。

雅人雅事，不止一端，壁上题诗名，还是一件小事。

求雨

神也有时候吃硬不吃软。只有红萝卜而不用棍子是不行的。

一九八三年九月二十五日报纸，桃园县“新屋观音两乡农民跪行祈雨六个小时”。仪式很隆重。上午八点不到，穿麻衣的两乡乡长、水利站长、村长代表等十余人，以及一千余名农友，齐集观音乡保生村溥济宫前，向保生大帝表明求祝的意旨后，转往茄冬溪进行“赤手摸鱼”。如摸得鲫鱼则求雨得雨，如摸得虾则求雨无雨，神亦莫能助。摸了二十分钟果然得鲫。众大欢喜。于是一路跪拜返回溥济宫，宣读求雨的祷告文。随后就“出祈”，一路跪拜，沿公路到新屋乡的北湖村，三步一拜，五步一跪，到北湖村后折返，一路大喊“求天降下雨”，返抵溥济宫已过下午四时。

天久不雨是一件大事。《春秋》就不断地有记载，例如文公二年“自十有二月不雨，至于秋七月”，半年多不下雨，当然很严重。《水浒传》里的一首山歌：“夏日炎炎似火烧，野田禾稻尽枯焦。农夫心内如汤煮，公子王孙把扇摇。”其实我们靠天吃饭，果真大旱，把扇摇也不能当饭吃。

求雨之事，古已有之。旱而求雨之大祭曰雩。《公羊传·桓公五年》：“大雩者何，旱祭也。”何休注：“雩，请雨祭名。君亲之南郊，以六事谢过自责曰：‘政不一与？民失职与？宫室崇与？妇谒盛与？苞苴行与？谗夫倡与？’使童女各八人，舞而呼雨，故谓之雩。”旱祭之时，君王谢过自责，虽然是一种虚文，究竟是负责知耻的表现，并不以灾祸完全诿之于天。天灾人祸是两件事，借天灾而反躬自省，不也很好么？

“东山霖雨西山晴”，雨究竟是地方的事，所以求雨也不能专靠君王。《礼记·月令》：“仲夏之月……命有司为民祈祀山川百源，大雩帝，用盛乐。乃命百县，雩祀百辟卿士有益于民者，以祈谷实。”这就是要地方官主持雩祭求雨，不但要祭上帝，还要祭造福地方的先贤。多烧香，多磕头，总没有错。下雨不下雨，究竟归谁管，实在说不清楚。桃园县农民请雨，祭的是“保生大帝”，我不晓得他是何方神圣，大概是一位保境安民的地方神吧。不知他是能直接命令雷公电母兴云作雨，还是要转呈层峰上达天庭作最后的核夺。

无论如何，桃园县这两乡的官民人等实在很聪明，在“出祈”之前，先在一条溪里作赤手摸鱼的测验，测验一下天公到底肯不肯下雨。测得相当把握之后，再三步一拜五步一跪地往返祈雨。“杀头的生意有人做，亏本的生意没人做。”若无相当把握，谁肯冒冒失失地就跪拜起来？那岂不是成了亏本生意？不过他们百密一疏，他们似乎没想到摸鱼测验的方法未必可靠。摸到鱼，还是不下雨，怎么办？三步一拜，五步一跪，往返八公里，耗时六小时，这种自虐性的运动不简单。不信，你试试看。人不到情急，谁愿出此下策？这是苦肉计，希望以虔诚的表示来感动上苍。

天旱，又好像不是有好生之德的上帝的意思。《诗·大雅·云汉》：“旱魃为虐。”疏：“神异经云，南方有人，长二三尺，袒身，而目在顶上，走行如风，名曰魃，所见之国大旱，赤地千里。一名旱母。”旱神简直是个小妖精。目在顶上，所以目中无人。顶上三尺有青天，所以他也许还知道畏上帝。所以我们求雨来对付他。

唐代段成式《酉阳杂俎》：“太原郡东有崖山。天旱，土人常绕此山以求雨。俗传：崖山神娶河伯女，故河伯见火，必降雨救之。”绕山求雨是合于“祈祀山川百源”的古礼，但河伯是水神不知何时和崖山神扯上一门亲事，遂能腾云致雨？天神好像也会徇私。

《春秋左传·僖公二十一年》：“夏大旱，公欲焚巫尪，臧文仲曰：‘非旱备也。修城郭，贬食，省用，务穑，劝分，此其务也。巫尪何为？’”女巫据说能兴妖作怪，呼风唤雨，当然也能制造大旱，所以僖公要烧死她。这使我们联想到两千二百多年后的一五八九年，苏格兰王哲姆斯一世之为了海上遇风而大捕巫婆的一幕。鲁大夫臧文仲说的话颇近于我们所谓兴水利筑水库的一套办法，两千六百多年前我们就有明白人。

神也有时候吃硬不吃软。只有红萝卜而不用棍子是不行的。我记得从前有人求雨，久而无效，乡人就把城隍爷的神像搬出来，褫其衣冠，抬着他在骄阳之下游街，让他自己也尝尝久旱不雨的滋味。据说若是仍然无效，辄鞭其股以为惩。软硬兼施之后，很可能就有雨。

说老实话，久旱之后必定会有雨，久雨之后也必定会天晴。这是自然之道，与求不求没有关系。如今我们有人造雨，虽然功效很有限，可是我们知道水利，可使大旱不致成为大灾。现在沙漠里也可以种菜了。于今之世，而仍三步一拜五步一跪地去求雨，令人不无时代错误之感。可是，我们也不能以愚民迷信而一笔抹煞之。

绣衣记

科员不到厅者数日，友辈咸为疑虑，好事者趋而探视，则科员“忧郁成疾，颈部生疮，蜷伏床笫，奄奄待毙矣！”此事京中传为笑谈，议论纷纷，咸为科员太息焉。

北京警厅科员某，旗籍也。家素贫，赖其妻精麻雀术，每战辄赢，日积月累，称小康焉。而某科员不谙持家之道，恒思有以挥霍之。京中有暗娼名“尚二爷”者，风流旖旎，芳名藉甚。轻薄子弟，趋之若膻。一日，某科员邂逅之于中央公园，妩媚万态，游人咸为驻足。某科员情不自禁，遂尾之。时大雪初霁，道乃至滑，尚二爷行其行，纤足高履，几倾跌者屡。某科员忘形而呼曰：“险哉！女士胡为而不遵此道，行走较易也？”二爷红晕于颊，不即与语。某科员益不自持，趋就之，刺刺不休，二爷亦复报以秋波。某科员竭其平生奉承之术，曲意求欢，欲偕而观影戏，二爷故为撑拒，强而后可。从此东长安街平安电影院中，常见此一对野鸳鸯，高踞包厢，情话绵绵矣。

某科员在警厅，通洋务者也，蟹行文字，虽略识之无，而与洋商接洽，非彼莫办。以故洋商如平安电影院皆深交纳之，且赂以包厢免票。而尚二爷不知也，见其出入戏院，举动阔绰，遂视为肥货。某科员有友杨某，市侩也，业景泰蓝，家素封，而好小利，见某科员方沉溺于酒肉声色也，贷以汽车，杨某自为司机，从此某科员偕尚二爷观剧宴饮，杨必与俱。杨某镶边多日，不费一文，计乃良得。而某科员由杨某之汽车，得出入自由，更可博二爷之欢心。于是三人形影不离，日奔逐于花天酒地。某科员之妻，犹在家勤俭度日，计较锱铢也。

某科员有黄包车，得汽车后，遂弃而弗用，恐车夫之泄其秘也，厚贿之。而车夫乃太太之宠人，惧日后遭谴，尝微露其密，以为日后卸责也。科员妻不之信，潜伺其夫。科员夙有季常癖，居恒战战兢兢，不敢稍忽。妻久而无所获，心渐释。而车夫贪求无厌，嫌赂之寡，心滋不悦，在夫人前益无所隐。尚二爷以绰约之姿，特工装束，一衣一履，靡不穷极诡丽，招摇过市，令人目夺。科员投其所好，罄其资财以博一欢。尝焦思苦虑，独出心裁，务求花样翻新，触人眼帘。一日，为市黑缎，以白丝线绣蝴蝶无数，遍及周身，其妖冶可见。初不料此一袭绣衣，引起醋海大波，几乎断送科员一命也。

尚二爷之制绣衣也，科员妻亦适制新衣，且在同一之成衣铺。衣将成，夫人命车夫往取，在成衣店中见绣衣，方赞叹间，店主人遂以实告，大惊，阳为镇静，徐曰：“此绣衣已成，甚善家主人嘱我同携去者也。”店主人不之疑，任其携去。至家，潜呈绣衣于主人妻，以为铁证。妻始恍然，忍无可忍，与其夫对质。科员初不服，妻遂掴其颊，清脆可听，掷绣衣于地，曰：“是何为者？有以语我来！”科员语塞，知事败露，俯首听教。夫人奋其雌威，谴责备至。且迁怒杨某，尝于大庭广众之下，辱责之曰：“君假吾夫以汽车，此恩此德，何日得报也！”科员从此敛迹。慑于闺训，未敢或违，出外必须秉承阃命，夜晚绝对不能出行。

科员不到厅者数日，友辈咸为疑虑，好事者趋而探视，则科员“忧郁成疾，颈部生疮，蜷伏床笫，奄奄待毙矣！”此事京中传为笑谈，议论纷纷，咸为科员太息焉。

他们

辑三

这年头儿，
彼此知道都还活着，
实在不易。

关于徐志摩的一封信

我听了志摩电话，莫名其妙。我说：“你在做白日梦，你胡扯些什么？”

他说：“我且问你，你有没有一个女生叫×××？”

我说：“有。”

他说：“那就对了。现在黄警顽先生来信，要给你做媒，并且要我先探听你的口气。”

一九五八年四月我写了一个小册《谈徐志摩》，发表了一封徐志摩写给我的一封信，原信是写在三张粉红色的虎皮宣的小笺上，写作俱佳，所以我为之制版以存其真。其内容是这样的：

秋郎

危险甚多须要小心原件具在送奉察阅非我谰言我复函说淑女枉自多情使君既已有妇相逢不早千古同嗟敬仰“交博”婉措回言这是仰承你电话中的训示不是咱家来煞风景然而郎乎郎乎其如娟何微闻彼姝既已涉想成病乃兄廉得其情乃为周转问询私冀乞灵于月老借回枕上之离魂然而郎乎郎乎其如娟何

志摩造孽

原文没有标点，字迹清楚，文意也很明白。但是读者也有误会的，误会志摩是一个儇薄轻佻的人，引此信为证。由于我发表一封私信，使志摩蒙不白之冤，我不免心中戚戚。事隔五十余年，也许我现在应该把这一件私人的小事澄清一下。

民国十九年夏，我在上海。有一天志摩打电话来，没头没脑地在电话里向我吼叫："你干得好事，现在惹出祸事来了！"当时我吃了一惊。他说他刚接到黄警顽先生一封信。黄警顽先生是上海商务印书馆办理交际事务的专员，其人一团和气，交游广阔，三教九流无不熟稔，在上海滩上有"交际博士"之称，和朱少屏博士办的寰球中国学生会常常合作，可谓珠联璧合。我在民国十二年出国留学，道出上海，就和这位交际博士有过数面之雅。志摩信中所谓"交博"即是此君。所谓"原件具在送奉察阅"即是黄警顽给他的信，此信我未存留，其中大意是说他受友人某君之托，嘱设法代其妹作伐，而其属意之对象是我，他请志摩问我意下如何。志摩得此怪信即匆匆给我电话。

我听了志摩电话，莫名其妙。我说："你在做白日梦，你胡扯些什么？"

他说："我且问你，你有没有一个女生叫 ×××？"

我说："有。"

他说："那就对了。现在黄警顽先生来信，要给你做媒，并且要我先探听你的口气。"

我告诉他，这简直是胡闹。这个学生在我班上是不错的，我知道她的名字，她的身材面貌我也记得，只是我从来没有和她说过一句话。我在上海几处兼课，来去匆匆，从来没有机会和任何男生女生谈话。

志摩在电话中最后说·“好啦，我把黄警顽先生的信送给你看，不是我造谣。你现在告诉我，要我怎样回复黄先生的信？”

我未加思索告诉他说：“请你转告对方，在下现有一妻三子。”以外没有多说一句话。

此事就此告一段落，志摩只是受人之托代为问讯，如是而已。志摩信中所谓“涉想成病乃兄廉得其情乃为周转问询私冀乞灵于月老借回枕上之离魂”云云，也许是文人笔下渲染，事实未必如此之严重。不过五十多年前，男女社交尚不够公开，无论男对女或女对男都受有无形的约束，不能任意交往，而师生之间可能界线更严一些。这件事，在如今不可能发生，如今谁还会肯“乞灵于月老”？

志摩一度被人视为月老，不料反招致了不虞之谤，实在冤枉，故为剖析如上。

记张自忠将军

他不健谈，更不善应酬，可是眉宇之间自有一股沉着坚毅之气，不是英才勃发，是温恭蕴藉的那一类型。

我与张自忠将军仅有一面之雅，但印象甚深，较之许多常常谋面的人更难令我忘怀。读《传记文学》秦绍文先生的大文，勾起我的回忆，仅为文补充以志景仰。

二十九年一月我奉命参加国民参政会之华北视察慰劳团，由重庆出发经西安、洛阳、郑州、南阳、宜昌等地，访问了五个战区七个集团军司令部，其中之一便是张自忠将军的防地。他的司令部设在襄樊与当阳之间的一个小镇上，名快活铺。我们到达快活铺的时候大概是在二月中，天气很冷，还降着簌簌的冰霰。我们旅途劳顿，一下车便被招待到司令部。这司令部是一栋民房，真正的茅茨土屋，一明一暗，外间放着一张长方形木桌，环列木头板凳，像是会议室，别无长物，里间是寝室，内有一架大木板床，床上放着薄薄的一条棉被，床前一张木桌，桌上放着一架电话和两三叠镇尺压着的公文，四壁萧然，简单到令人不能相信其中有人居住的程度。但是整洁干净，一尘不染。我们访问过多少个司令部，无论是后方的或是临近前线的，没有一个在简单朴素上能比得过这一个。孙蔚如将军在中条山上的司令部，也很简单，但是也还有几把带靠背的椅子，孙仿鲁将军在唐河的司令部也极朴素，但是他也还有设备相当齐全的浴室。至于那些雄霸一方的骄兵悍将就不必提了。

张将军的司令部固然简单，张将军本人却更简单。他有一个高高大大的身躯，不愧为北方之强，微胖，推光头，脸上刮得光净，颜色略带苍白，穿普通的灰布棉军服，没有任何官阶标识。他不健谈，更不善应酬，可是眉宇之间自有一股沉着坚毅之气，不是英才勃发，是温恭蕴藉的那一类型。他见了我们只是闲道家常，对于政治军事一字不提。他招待我们一餐永不能忘的饭食，四碗菜，一只火锅。四碗菜是以青菜豆腐为主，一只火锅是以豆腐青菜为主。其中也有肉片肉丸之类点缀其间。每人还加一只鸡蛋放在锅子里煮。虽然他直说简慢抱歉的话，我看得出这是他在司令部里最大的排场。这一顿饭吃得我们满头冒汗，宾主尽欢，自从我们出发视察以来，至此已将近尾声，名为慰劳将士，实则受将士慰劳，到处大嚼，直到了快活铺这才心安理得地享受了一餐在战地里应该享受的伙食。珍馐非我之所不欲，设非其时非其地，则顺着脊骨咽下去，不是滋味。

晚间很早就被打发去睡觉了。我被引到附近一栋民房，一盏油灯照耀之下看不清楚什么，只见屋角有一大堆稻草，我知道那是我的睡铺。在前方，稻草堆就是最舒适的卧处，我是早有过经验的，既暖和又松软。我把随身带的铺盖打开，放在稻草堆上倒头便睡。一路辛劳，头一沾枕便呼呼入梦。俄而轰隆轰隆之声盈耳，惊慌中起来凭窗外视，月明星稀，一片死寂，上刺刀的卫兵在门外踱来踱去，态度很是安详，于是我又回到被窝里，但是断断续续的炮声使我无法再睡了。第二天早晨起来，参谋人员告诉我，这炮声是天天夜里都有的，敌人和我军只隔着一条河，到了黑夜敌人怕我们过河偷袭，所以不时地放炮吓吓我们，表示他们有备，实际上是他们自己壮胆。我军听惯了，根本不理会他们，他们没有胆量开过河来。那么，我们是不是有时也要过河去袭击敌人呢？据说是的，我们经常有部队过河作战，并且有后继部队随时准备出发支援，张将军也常亲自过河督师。这条河，就是襄河。

早晨天仍未晴，冰霰不停，朔风刺骨。司令部前有一广场，是扩大了的打谷场，就在那地方召集了千把名士兵，举行赠旗礼。我们奉上一面锦旗，上面的字样不是“我武维扬”便是“国之干城”之类。我还奉命说了几句话。在露天讲话很难，没讲几句就力竭声嘶了。没有乐队，只有四把喇叭，简单而肃穆。行完礼，张将军率领部队肃立道边，送我们登车而去。

回到重庆，大家争来问讯，问我在前方有何见闻。平时足不出户，哪里知道前方的实况？真是一言难尽。军民疾苦，惨不忍言，大家只知道“前方吃紧后方紧吃”，其实亦不尽然，后方亦有不紧吃者，前方亦有紧吃者，大概高级将领之能刻苦自律如张自忠将军者实不可多觏。我尝认为，自奉俭朴的人方能成大事，讷涩寡言笑的人方能立大功。果然五月七日夜张自忠将军率部渡河解救友军，所向皆捷，不幸陷敌重围，于十六日壮烈殉国！大将陨落，举国震悼。

张将军灵榇由重庆运至北碚河干，余适寓北碚，亲见民众感情激动，群集江滨。遗榇厝于北碚附近小镇天生桥之梅花山。山以梅花名，并无梅花，仅一土丘蜿蜒公路之南侧。此为由青木关至北碚必经之在，行旅往还辄相顾指点：“此张自忠将军忠骨长埋之处也。”

将军之生平与为人，余初不甚了了，唯七七事变前后余适在北平，对于二十九军诸将领甚为敬佩与同情，其谋国之忠与作战之勇，视任何侪辈皆无逊色，谓予不信，请看张自忠将军之事迹。

忆冰心

> 我问她："您到美国修习什么？"她说："文学。"她问我："您修习什么？"我说："文学批评。"话就谈不下去了。

顾一樵先生来，告诉我冰心和老舍先后去世。我将信将疑。冰心今年六十九岁，已近古稀，在如今那样的环境里传出死讯，无可惊异。读《清华学报》新七卷第一期（一九六八年八月刊），施友忠先生有《中共文学中之讽刺作品》一文，里面提到冰心，但是没有说她已经去世。最近谢冰莹先生在《作品》第二期（一九六八年十一月）里有《哀冰心》一文，则明言"冰心和她的丈夫吴文藻双双服毒自杀了"。看样子，她是真死了。她在日本的时候写信给赵清阁女士说："早晚有一天我死了都没有人哭！"似是一语成谶！可是"双双服毒"，此情此景，能不令远方的人一洒同情之泪？

初识冰心的人都觉得她不是一个令人容易亲近的人，冷冷的好像要拒人于千里之外。她的《繁星》《春水》发表在《晨报副刊》的时候，风靡一时，我的朋友中如时昭瀛先生，便是最为倾倒的一个。他逐日剪报，后来精裱成一长卷，在美国和冰心相遇的时候恭恭敬敬地献给了她。我在《创造周报》第十二期（十二年七月廿九日）写过一篇《〈繁星〉与〈春水〉》，我的批评是很保守的，我觉得那些小诗里理智多于情感，作者不是一个热情奔放的诗人，只是泰戈尔小诗影响下的一个冷隽的说理者。就在这篇批评发表后不久，于赴美途中在“杰克逊总统”号的甲板上不期而遇。经许地山先生介绍，寒暄一阵之后，我问她：“您到美国修习什么？”她说：“文学。”她问我：“您修习什么？”我说：“文学批评。”话就谈不下去了。

在海船上摇晃了十几天，许地山、顾一樵、冰心和我都不晕船，我们兴致勃勃地办了一份文学性质的壁报，张贴在客舱入口处。后来我们选了十四篇送给《小说月报》，发表在第十一期（十二年十一月十日），作为一个专辑，就用原来壁报的名称《海啸》。其中有冰心的诗三首：《乡愁》《惆怅》《纸船》。

十三年秋我到了哈佛，冰心在威尔斯莱女子学院[①]，同属于波士顿地区，相距约一个多小时火车的路程。遇有假期，我们几个朋友常去访问冰心，邀她泛舟于脑伦璧迦湖；冰心也常乘星期日之暇到波士顿来做杏花楼的座上客。我逐渐觉得她不是恃才傲物的人，不过对人有几分矜持，至于她的胸襟之高超，感觉之敏锐，性情之细腻，均非一般人所可企及。

十四年三月二十八日，波士顿一带的中国学生在“美术剧院”公演《琵琶记》，剧本是顾一樵改写的，由我译成英文。我饰蔡中郎，冰心饰宰相之女，谢文秋女士饰赵五娘。逢场作戏，不免

① 即威尔斯利学院。——编者注

谑浪。后谢文秋与同学朱世明先生订婚，冰心就调侃我说：“朱门一入深似海，从此秋郎是路人。”“秋郎”二字来历在此。

冰心喜欢海，她父亲是海军中人，她从小曾在烟台随侍过一段期间，所以和浩瀚的海洋结不解缘。不过在她的作品里嗅不出梅思斐尔的“海洋热”。她憧憬的不是骇浪滔天的海水，不是浪迹天涯的海员生涯，而是在海滨沙滩上拾贝壳，在静静的海上看冰轮乍涌。我十九年到青岛，一住四年，几乎天天与海为邻，几次三番地写信给她，从没有忘记提到海，告诉她我怎样陪同太太带着孩子到海边捉螃蟹，掘沙土，拣水母，听灯塔呜呜叫，看海船冒烟在天边逝去。我的意思是逗她到青岛来。她也很想来过一个暑季，她来信说：“我们打算住两个月，而且因为我不能起来的缘故，最好是海涛近接于几席之下。文藻想和你们逛山散步，泅水，我则可以倚枕倾聆你们的言论。……我近来好多了，医生许我坐火车，大概总是有进步。”但是她终于不果来，倒是文藻因赴邹平开会之便，到舍下盘桓了三五天。

冰心健康情形一向不好，说话的声音不能大，甚至是有上气无下气的。她一到了美国不久就呕血，那著名的《寄小读者》大部分是在医院床上写的。以后她一直时发时愈，缠绵病榻。有人以为她患肺病，那是不确的。她给赵清阁的信上说：“肺病决不可能。”给我的信早就说得更明白：“为慎重起见，遵医（协和）嘱重行检验一次，X光线，取血，闹了一天。据说我的肺倒没毛病，是血管太脆。”她呕血是周期性的，有时事前可以预知。她多么想看青岛的海，但是不能来，只好叹息：“我无有言说，天实为之！”她的病严重地影响了她的创作生涯，甚至比照管家庭更妨碍她的写作，实在是太可惋惜的事。抗战时她先是在昆明，我写信给她。为了一句戏言，她回信说：“你问我除生病之外所做何事。像我这样不事生产，当然使知友不满之意溢于言外。其实我到呈贡之后，只病过一次，日常生活都在跑山望水、柴米油盐、看孩子中度过……”在抗战期中做一个尽职的主妇真是谈何容易，冰心以病躯肩此重任，是很难为她了。她后来迁至四川的歌乐山居住，我去看她，她一定要我试一试他们睡的那一张弹簧床。我躺上去一试，真软，像棉花团，文藻告诉我他们从北平出来什么也没带，就带了这一张庞大笨重的床，从北平搬到昆明，从昆明搬到歌乐山，没有这样的床她睡不着觉！

歌乐山在重庆附近，算是风景很优美的一个地方。冰心的居处在一个小小的山头上，房子也可以说是洋房，不过墙是土砌的，窗户很小很少，里面黑黝黝的，而且很潮湿。倒是门外有几十棵不大不小的松树，秋声萧瑟，瘦影参差，还值得令人留恋。一般人以为冰心养尊处优，以我所知，她在抗战期间并不宽裕。歌乐山的寓处也是借住的。

抗战胜利后，文藻任职我国驻日军事代表团。这一段时间才是她一生享受最多的，日本的园林之胜是她所最为爱好的，日常的生活起居也由当地政府照料得无微不至。下面是她到东京后两年写给我的一封信：

实秋：

九月廿六信收到。昭涵到东京，呆了五天，我托他把那部日本版杜诗带回给你，（我买来已有一年了！）

凡事总要稍留欠缺，

才能持恒。

到临走时他也忘了，再寻便人罢。你要吴清源和本因坊的棋谱，我已托人收集，当陆续奉寄。清阁在北平，（此信给她看看）你们又可以热闹一下。我们这里倒是很热闹，甘地所最恨的鸡尾酒会，这里常有！也累，也最不累，因为你可以完全不用脑筋说话。但这里也常会从万人如海之中飘闪出一两个“惊才绝艳”，因为过往的太多了，各国的全有，淘金似的，会浮上点金沙。除此之外，大多数是职业外交人员、职业军人、浮嚣的新闻记者，言语无味，面目可憎。在东京两年，倒是一种经验，在生命中算是很有趣的一段。文藻照应忙，孩子们照应玩，身体倒都不错，我也好。宗生不常到你处罢？他说高三功课忙得很，明年他想考清华，谁知道明年又怎么样？北平人心如何？看报仿佛不太好。东京下了一场秋雨，冷得美国人都披上皮大衣，今天又放了晴，天空蓝得像北平。真是想家得很！你们吃炒栗子没有？

请嫂夫人安

冰心　十·十二

卅八年六月我来到台湾，接到冰心、文藻的信，信中说他们很高兴听到我来台的消息，但是一再叮咛要我立刻办理手续前往日本。风雨飘摇之际，这份友情当然可感，但是我没有去。此后就消息断绝。不知究竟是什么原因，他们回到了大陆，从此悲剧就注定了。“无有言说，天实为之！”

冰心致作者及赵清阁女士的信

一　冰心致作者的信之一

实秋：

前得来书，一切满意，为慎重起见，遵医（协和）嘱重行检查一次，X光线，取血，闹了一天，据说我的肺倒没毛病，是血管太脆。现在仍须静养，年底才能渐渐照常，长途火车，绝对禁止。于是又是一次幻象之消灭！

我无有言说，天实为之！我只有感谢你为我们费心，同时也羡慕你能自由的享受海之伟大。这原来不是容易的事！

文藻请安

冰心拜上　六月廿五

二　冰心致作者的信之二

实秋：

你的信，是我们许多年来，从朋友方面所未得到的，真挚痛快的好信！看完了予我们以若干的欢喜。志摩死了，利用聪明，在一场不人道不光明的行为之下，仍得到社会一班人的欢迎的人，得到一个归宿了！我仍是这么一句话，上天生一个天才，真是万难，而聪明人自己的糟蹋，看了使我心痛。志摩的诗，魄力甚好，而情调则处处趋向一个毁灭的结局。看他《自剖》里的散文、《飞》等等，仿佛就是他将死未绝时的情感，诗中尤其看得出。我不是信预兆，是说他十年来心理的蕴酿，与无形中心灵的绝望与寂寥，所形成的必然的结果！人死了什么都太晚。他生前我对着他没有说过一句好话，最后一句话，他对我说的："我的心肝五脏都坏了，要到你那里圣洁的地方去忏悔！"我没说什么，我和他从来就不是朋友，如今倒怜惜他了，他真辜负了他的一股子劲！

谈到女人，究竟是"女人误他"？"他误女人"？也很难说。志摩是蝴蝶，而不是蜜蜂，女人的好处就得不着，女人的坏处就使他牺牲了。——到这里，我打住不说了！

我近来常常恨我自己，我真应当常写作，假如你喜欢《我劝你》那种的诗，我还能写他一二十首。无端我近来又教了书，天天看不完的卷子，使我头痛心烦。是我自己不好，只因我有种种责任，不得不要有一定的进款来应用。过年我也许不干或少教点，整个地来奔向我的使命和前途。

我们很愿意见见你，朋友们真太疏远了！年假能来么？我们约了努生，也约了昭涵，为国家你们也应当聚聚首了。我若百无一长，至少能为你们煮咖啡！

小孩子可爱得很，红红的颊，蜷曲的浓发，力气很大，现在就在我旁边玩。他长得像文藻，脾气像我，也急，却爱笑，一点也不怕生。

请太太安

冰心　十一·廿五

三　冰心致作者的信之三

实秋：

山上梨花都开过了，想雅舍门口那一大棵一定也是绿肥白瘦。光阴过的何等的快！你近来如何？听说曾进城一次，歌乐山竟不曾停车，似乎有点对不起朋友。刚给白薇写几个字，忽然想起赵清阁，不知她近体如何？春来是否痊了？请你代我走一趟，看看她。我自己近来好得很。文藻大约下月初才能从昆明回来，他生日是二月九号，你能来玩玩否？

余不一一，即请

大安

问业雅好

冰心　三月廿五日

四　冰心致赵清阁的信

清阁：

信都收入，将来必有一天我死了都没有人哭。关于我病危的谣言已经有太多次了，在远方的人不要惊慌，多会真死了才是死，而且肺病决不可能。这种情形，并不算坏。就是有病时（有时）太寂寞一点，而且什么都要自己管，病人自己管自己，总觉得有点那个！你叫我写文章，尤其是小说，我何尝不想写，就是时间太零碎，而且杂务非常多。也许我回来时在你的桌上会写出一点来。上次给你寄了樱花没有？并不好，就是多，我想就是菜花多了也会好看，樱花意味太哲学了，而且属于悲观一路，我不喜欢。朋友们关心我的，请都替我辟谣，而且问好。参政会还没有通知，我也不知道是否五月开，他们应当早通知我，好作准备。这边呆得相当腻，朋友太少了，风景也没有什么，人为居多，如森林，这都是数十年升平的结果。我们只要太平下来五十年，你看看什么样子。总之我对于日本的印象，第一是女人（太没有背脊骨了），第二是樱花，第三、第四也还要有……匆匆请

放心

冰心　四·十七

五　冰心致作者的信之四

实秋：

文藻到贵阳去了，大约十日后方能回来，他将来函寄回，叫我作复。大札较长，回诵之余，感慰无尽。你问我除生病之外所做何事，像我这样不事生产，当然使

知友不满之意溢于言外。其实我到呈贡后，只病过一次，日常生活，都在跑山望水、柴米油盐、看孩子中度过。自己也未尝不想写作，总因心神不定，前作《默庐试笔》，断续写了三夜，成了六七千字，又放下了。当然，我不敢妄自菲薄，如今环境又静美，正是应当振作时候，甚望你常常督促，省得我就此沉落下去。呈贡是极美，只是城太小，山下也住有许多外来的工作人员，谈起来有时很好，有时就很索然。在此居留，大有Main street风味，渐渐的会感到孤寂。（当然昆明也没有什么意思，我每次进城，都亟欲回来！）我有时想这不是居处关系，人到中年，都有些萧索。我的一联是“海内风尘诸弟隔，无涯涕泪一身遥”，庶几近之。

你是个风流才子，“时势造成的教育专家”，同时又有“高尚娱乐”“活鱼填鸭充饥”，所谓之“依人自笑冯驩老，作客谁怜范叔寒”两句（你对我已复述过两次）。真是文不对题。该打！该打！只是思家之念，尚值得人同情耳！你跌伤已痊愈否？景超如此仗义疏财，可惜我不能身受其惠。我们这里，毫无高尚娱乐，而且虽有义可仗，也无财可疏，为可叹也！文藻信中又嘱我为一樵写一条横幅，请你代问他，可否代以“直条”？我本来不是写字的人，直条还可闭着眼草下去，写完“一瞑不视”（不是“掷笔而逝”）！横幅则不免手颤了，请即复。山风渐动，阴雨时酸寒透骨，幸而此地阳光尚多，今天不好，总有明天可以盼望。你何时能来玩玩？译述脱稿时请能惠我一读。景超、业雅、一樵请代致意，此信可以传阅。静夜把笔，临颖不尽。

冰心拜启　十一月廿七

六　冰心致作者的信之五

实秋：

我弟妇的信和你的同到。她也知道她找事的不易，她也知道大家的帮忙，叫我写信谢谢你！总算我做人没白做，家人也体恤，朋友也帮忙，除了“感激涕零”之外，无话可说！东京生活，不知宗生回去告诉你多少？有时很好玩，有时就寂寞得很。大妹身体痊愈，而且茁壮。她廿号上学，是圣心国际女校。小妹早就上学（九·一）。我心绪一定，倒想每日写点东西，要不就忘了。文藻忙得很，过去时时处处有回去可能，但是总没有走得成。这边本不是什么长事，至多也只到年底。你能吃能睡，茶饭无缺，这八个字就不容易！老太太、太太和小孩子们都好否？关于杜诗，我早就给你买了一部，日本版的，放在那里，相当大，坐飞机的无人肯带，只好将来自己带了。书贾又给我送来一部中国版的（嘉广）和一部《全唐诗》，我也买了。现在日本书也贵。我常想念北平的秋天，多么高爽！这里三天台风了，震天撼地，到哪儿都是潮不唧的，讨厌得很。附上昭涵一函，早已回了，但有朋友近况，想你也要知道。

文藻问好

冰心　中秋前一日

后记

一

绍唐吾兄：

在《传记文学》十三卷六期我写过一篇《忆冰心》，当时我根据几个报刊的报导，以为她已不在人世，情不自已，写了那篇哀悼的文字。今年春，凌叔华自伦敦来信，告诉我冰心依然健在，惊喜之余，深悔孟浪。顷得友人自香港剪寄今年五月二十四日香港《新晚报》，载有关冰心的报导，标题是《冰心老当益壮酝酿写新书》，我从文字中提炼出几点事实：

（一）冰心今年七十三岁，还是那么健康、刚强，洋溢着豪逸的神采；

（二）冰心后来从未教过书，只是搞些写作；

（三）冰心申请了好几次要到工农群众中去生活，终于去了，一住十多个月；

（四）目前她好像是“待在”所谓“中央民族学院”里，任务不详；

（五）她说：“很希望写一些书。”最后一句话是

“老牛破车，也还要走一段路的”。

此文附有照片一帧。人还是很精神的，只是二十多年不见，显着苍老多了。因为我写过《忆冰心》一文，我觉得我有义务作简单的报告，更正我轻信传闻的失误。

弟梁实秋拜启

一九七二年六月十五日西雅图

二

绍唐吾兄：

六月十五日函计达。我最近看到香港《新闻天地》第一二六七号载唐向森《洛杉矶航信》，记曾与何炳棣一行同返大陆的杨庆尘教授在美国西海岸的谈话，也谈到谢冰心夫妇。他说：“他俩还活在人间，刚由湖北孝感的‘五七干校’回到北京。他还谈到梁实秋先生误信他们不在人间的消息所写下悼念亡友的文章，冰心说，他们已看到了这篇文章。这两口子如今都是七十开外的人了。冰心现任职于‘作家协会’，专门核阅作品，作成报告交予上级，以决定何者可以出版，何者不可发表之类。至于吴文藻派什么用场，未见道及。这二位都穿着绉巴巴的人民装，也还暖和，曾问二位夫妇这一把年纪去干校，尽干些什么劳动呢？冰心说，多半下田扎绑四季豆。他们在‘文化大革命’时期，曾被斗争了三天。”这一段报导益发可以证实冰心夫妇依然健在的消息。我不明白，当初为什么有人捏造死讯，难道这造谣的人没有想到谣言早晚会不攻自破么？现在我知道冰心未死，我很高兴；冰心既然看到了我写的哀悼她的文章，她当然知道我也未死。这年头儿，彼此知道都还活着，实在不易。这篇航信又谈到老舍之死，据冰心的解释，老舍之死“要怪舍予太爱发脾气，一发脾气去跳河自杀死了……”这句话说得很妙。人是不可发脾气的，脾气人人都有，但是不该发，一发则不免跳河自杀矣。

弟梁实秋顿首

一九七二年七月十一日西雅图

悼念道藩先生

由于他的挺身而出，学生气馁了，警察胆壮了，问题解决了。事后他告诉我："我从来不怕事，我两只手可以同时放枪。"

道藩先生于一九三〇年在青岛任国立青岛大学教务长，住家在鱼山路一个小小的山坡上，我是他的邻居，望衡对宇，朝夕过从。我到他家里去拜访，看见壁上挂着他的油画作品，知道他原来是学美术的。校长杨振声先生私下对我说："道藩先生一向从事党务工作，由他来主持教务，也可以加强学校与中央的联系。"这话说得很含蓄。

青岛虽然是个有山有水的好地方，但是诚如闻一多所说，缺少文化。何以解忧？唯有杜康。我们几个朋友戏称为"酒中八仙"，其中并不包括道藩，部分原因是他对杯中物没有特别的偏爱。他偶然也参加我们的饮宴，他也能欣赏我们酒酣耳热的狂态。他有一次请假返回贵州故乡，归时带来一批茅台酒，分赠我们每人两瓶。那时候我们不曾听说过茅台的名字，看那粗陋的瓶装就不能引起好感，又据说是高粱酿制，益发不敢存奢想，我们都置之高阁。是年先君来青小住，一进门就说有异香满室，启罐品尝，乃赞不绝口。于是，我把道藩分赠各人的一份尽数索来，以奉先君。从此我知道高粱一类其醇郁无出茅台之右者。以后茅台毁于兵燹，出品质劣，徒有其名，无复当年风味。

一九三一年，“九一八”变起，举国惶惶。平津学生罢课南下请愿，要求对日宣战，青岛大学的学生也受了影响，集队强占火车，威胁行车安全。学校当局主张维持纪律，在校务会议中闻一多有“挥泪斩马谡”的表示，决议开除肇事首要分子。开除学生的布告刚贴出去，就被学生撕毁了，紧接着是包围校长公馆，贴标语，呼口号，全套的示威把戏。学生由一些左派分子把持，他们的集合地点便是校内的所谓“区党部”，在学生宿舍楼下一间房里。学校里面附设党的组织，在国内是很平常的事，有时也会因此而和学校龃龉。胡适之先生在上海中国公学时，就曾和校内党部发生冲突。区党部和学校当局分庭抗礼，公然行文。青岛大学的区党部情形就更进一步了。“左倾”分子以党部为庇护所，制造风潮，反抗学校当局。后来召请保安警察驱逐捣乱分子，警察不敢进入党部捉人。这时节激怒了道藩先生，他面色苍白，两手抖颤，率领警察走到操场中心，面对着学生宿舍，厉声宣告：“我是国民党中央委员，我要你们走出来，一切责任我负担。”由于他的挺身而出，学生气馁了，警察胆壮了，问题解决了。事后他告诉我：“我从来不怕事，我两只手可以同时放枪。”我们都知道，如果没有他明辨是非、坚韧不挠的精神，那场风波不容易那样平复下去。

他在青岛大学服务不久，被调往浙江任教育厅长。我下一次看见他是在南京，他所创办的国立戏剧专科学校第一届毕业生公演《威尼斯商人》，我应邀请前去参观。道藩先生对于戏剧的热心是无以复加的，几十年来未曾稍杀。国立剧专在余上沅先生主持之下办得有声有色，但是在背后默默作有力支持的是道藩先生，这件事我知道得最清楚。

抗战军兴，我应聘参加国民参政会，由香港转到汉口。这时候道藩先生任教育部次长，在汉口办公，因此几乎每天晚上我们都有机会见面。道藩先生很健谈，喜欢交游。有一天他告诉我，马当失守，政府决定迁往重庆，要我一起入川。教育部设教科书编辑委员会，道藩兼主任委员，约我担任中小学教科书组主任，于是我衔着这个使命搭乘国民参政会的专轮到了重庆。中小学教科书的供应在当时是一个大问题，因为时势变迁，旧的已不适用，非重编重印不足以应后方之需要。抗战前，杨振声先生受国防会议之托主编了一套中学教科书，尚未竣事，其中包括有沈从文编辑的《国文》、吴晗的《历史》等，虽然也很精彩，仍嫌不合时代要求。我担任这个职务，虽是完全义务性质，但深感责任重大，幸赖道藩先生的领导及副主任李清悚先生的全力主持，得以应付了抗战时期后方中小学的需要。

教科书编辑委员会因敌机轰炸疏散到北碚后，改由许心武先生任主委，后又并入了国立编译馆。于是我和编译馆开始发生了关系。道藩先生常来北碚，在北碚对岸黄桷树的复旦大学有他不少朋友，如孙寒冰、但荫荪、梁宗岱、吴南轩诸位，蒋碧薇女士虽然服务于国立编译馆，却卜居在黄桷树。由重庆到北碚，汽车要走两个小时，由北碚到黄桷树，要搭小木船渡过激流的嘉陵江。道藩先生便这样风尘仆仆地无间寒暑地度他的周末，想嘉陵江边的鹅卵石和岸上青青的野草都应该熟悉了他的脚步声。

在台湾，道藩先生主持文奖会，参加审稿的有王平陵、赵友培、侯佩尹等几位，我亦曾滥竽其间，平日分别阅稿，每月集会一次。这个组织虽嫌基金太少，但是起了不少的号召作用，多少作者获得了鼓励。其中绝对没有私心，没有门户之见。文奖会结束之后，他曾兴奋地对我说：“我得到了一项支援，将创建一座小型剧院。”不幸他困于胃病和失眠，体力日衰，此事竟无下文。

道藩先生最后一次公开露面是在去年《莎士比亚全集》译本出版庆祝会上，他即席致词，精神还很愉快，但病象已深。不匝年而终于不治。数十年来他待我甚厚，谈笑如昨，遽成九泉之客，临文悼念，为之潸然。

忆周老师

他写字示范的方法是夜晚收集黑板槽里的粉笔末，和水成浆，用毛笔蘸着写字在黑板上，翌日字干，黑白分明，而且笔意毕现。

这是七十年前的事了。那年我十一岁，我的父亲领着我哥哥和我进入京师公立第三小学。校址在北京东城南小街新鲜胡同东头路南，差不多就是城墙根儿了，相当僻静。门房肃客入校长办公室。校长赫杏村先生，旗人，矮矮胖胖的，声如洪钟，和蔼之中带着严肃。他略为测验我哥哥和我的程度，把我们编入高小一年级，什么别的手续都没有，令我们明天就去上学。

全班学生二十几人，最大的一个约二十岁左右，用红头绳扎一根不长不短的小辫，挺然翘然，像是一根小红萝卜，名叫什么祥；次大的一个姓瑞，也有十八九岁。我算是比较年纪小的。这一群学生强半来自贫苦人家，生活习惯相当粗野，满口的话时常不干不净。我父亲说："没有办法，孩子大了，不能长久养在温室里面，必须进入社会去接触公共生活，希望能遇到好的老师教导他们。"我父亲对赫校长印象很好，说他是能办事的人。

我们的班主任是周老师，名士棻，字香如，山西人。大约有三十岁左右，可是他身材很高，面色白皙，上嘴唇留了一横排的胡子，样子显得很老成。他有时也笑，露出整洁的两排牙齿，但是很快地就把嘴闭拢，笑容收敛，眉头微蹙，我们在他面前不由得不肃然起敬。教我们的老师不只他一位。教博物的有保定府口音浓重的李老师，曾经试验氢二氧为水，做到第三次就成功了，简直是变戏法一般。教音乐的是一位时老师，按风琴用沙哑的嗓音要我们跟着唱《春之花》。教体操的是锡老师，他是蒙古人，我们背后叫他“锡靼子”，他教我们持木枪练兵操，有时也让我们踢足球，假如我们能把足球吹得鼓鼓的而不漏气。教英语的是王德、程朴洵两位老师，课本是《华英初阶》，里面的名句“Is he of us?”中译为“彼乃我辈中人否？”毕生不能忘。还有一位患严重的口吃的教手工的老师，教我们插豆、塑泥、剪纸……姓名都不记得了。主要的课程，如国文、作文、写字、历史、地理、修身，都是周老师担任的。

周老师很重视写字，教我们写九宫格，写白折子，每天都要呈缴。也要我们临帖，像柳公权的玄秘塔，欧阳询的九成宫，颜真卿的争座位，都是他许可的。他要求的是横平竖直，他着重的是骨格间架。可是他也很热心教我们学习草书，范本是草书千字文。他最厌恶的是潦草，凡是敷衍塞责的，笔不酣，墨不饱的，涂抹污染的，都要受到申斥。他写字示范的方法是夜晚收集黑板槽里的粉笔末，和水成浆，用毛笔蘸着写字在黑板上，翌日字干，黑白分明，而且笔意毕现。他写的字永远是中规中矩，一丝不苟，我们戏称之为周老师体。

周老师教历史有他一套方法，除了历史教科书之外他还自编补充教材，我现在想他大概是根据吴乘权《纲鉴易知录》一类的书，选择历史上重要而有趣的事件加以简要的叙述。例如什么“淝水之战”“赤壁鏖兵”“土木之变”……一类的大事，都做了简要的说明，并且于上历史课的前一夜晚写在黑板上，密密杂杂地写满可以拉上拉下的两块黑板。

我不知道他花了多少功夫写黑板。他教我们利用上课之前和之后的闲工夫抄写下来，每月呈缴笔记判分。这样一来，学生们在上下课之间的闲暇便很少有工夫打斗嬉笑了。周老师的信仰大概是“业精于勤而荒于嬉”。不管怎样，我国历史上的一些大事在学生心里留下了深刻的印痕。

周老师教我们地理也很认真。讲到某一省，他必定挂起一幅他自己画的整张“粉连史”的地图，又要我们每人根据坊间出版的地图各画一张呈缴评判。我记得班上有一位姓延的同学画得最好，不但幅大，而且精细，还淡淡地敷上色彩，我不如他。可是由于这样的训练，全国本部十八省的位置，我们有了清晰的印象。直到如今我还能在一张白纸上勾画出十八省的位置而大致不错。

在周老师心目中，学生的操行比学业更重要。他要我们整洁端庄。谁的衣履污脏，谁的课本笔记本破损折角，谁忘了带纸笔，谁迟了缴作业，他都要管。打斗吵闹，更是他所不能容忍的事。讲台抽屉里藏有一个竹板，西谚“省了板子，毁了孩子”，但是周老师从来没动用过板子，他面色一沉下来，眉头一皱，学生立刻就屏息惶恐。周老师永远是一袭长袍，冬天则棉袍之外再加罩袍，穿大毛窝，有时候头戴大风帽，刷洗干净，一尘不染。他走起路来，昂首挺胸，目不斜视。他个子高腿长，我们戏引算学课本“五尺为一步，两步为一丈”一语形容他跨大步是两步一丈。他也要我们俭朴。有一位岳姓同学家境比较宽绰，下雨天雇坐人力车到校，正好在门口遇到周老师，乃大不谓然，径向家长指责。我们是不分季节永远步行上学，有时穿着家里自制的涂桐油的加铁钉的雨鞋，淌着稀里哗啦的泥泞，撑着伞，背着书包，提着墨盒墨水瓶，那份褦襶就别提了。但是周老师说，就是要这样的劳其筋骨。他自己也是从没有坐过车到校，我不能想象他坐在人力车上是什么样子。

周老师教了我们三年，送我们毕业。那一年，京师学务局局长德彦要评鉴各校教学成绩，集合几十所小学应届毕业生会考，名之曰观摩会，凡三百余人参加。考试结果第三小学有三名在前七名之列，我哥哥和我和班长栾常禧。赫校长和周老师在炎热的一天约我们到致美斋吃了一顿中饭，表示奖励。

我至今感念周老师，他不仅教我用功读书，还教我如何做人。他临别对全班学生分别赠言。他对我的嘉许是“缜密”二字。其实我是一个疏放的人，离缜密的功夫差得很远。也许周老师是要我朝着这个方向努力吧。

悼念王国华先生

亚农有幽默感，间出冷语，谈言微中，他与人无争，我没见过他对任何人有疾言厉色。

王国华先生，字亚农，陕西人，幼年考入清华学校，属一九二三年级，和我同班，可以算是总角之交。噩耗传来，于本年三月十一日以车祸不治，遂作九泉之客！怀念亡友，忧思百结，略述交往，聊当一哭。

亚农比我大一岁，在我们级中是一位老大哥，他为人稳重老成，有典型的陕西人的气度，曾经做过级长，也拿过墨盒（操作优良奖）。大家都喜欢他，因为他平易近人。王国华三个字快读起来像是“黄瓜”，尤其是南方人黄王不分，所以同学都戏呼他为“黄瓜”，他怡然受之，这个绰号在我们老同学之间一直沿用到老。他喜欢唱旧戏，唱余派老生，饶有韵味，在什么“同乐会”之类的场合少不了他的一曲清歌。清华的篮球队是有名的，在全盛时代曾在国内外崭露头角，亚农和孙立人都是校队的中坚，他们两个曾代表国家到马尼拉参加远东比赛，大获全胜。两个人都担任后卫，比赛场上，威风十足，我们同级朋友无不引以为荣。

亚农有幽默感，间出冷语，谈言微中，他与人无争，我没见过他对任何人有疾言厉色。

一九二三年毕业，到美国科罗拉多大学去的有谢奋程、陈肇彰、盛斯民、赵敏恒、麦健曾、王国华和我七个人。珂泉那时候是一个小城市，从来不曾有过七个中国学生同时入校。我们七个人都插入四年级，亚农习商，我习英文，虽不同系，来往渐多。我们分别租居民房，但是每天上午十时在学校教堂做礼拜时我们披长袍顶方冠总要交谈一阵。有一次我开汽车送闻一多去仙园写生，邀亚农偕行，车上山后误入死巷，倒退时不慎翻落山坡，万丈深渊，下临无地，但闻耳边风声飒飒，突然车止，原来是被两株青松夹住，死里逃生，骇汗不已。是亚农和我亦有此共患难的一段因缘，侥幸脱险，当有后福，孰知五十年后仍不能脱覆车之厄！悲哉，悲哉！

一九二四年夏，我去哈佛，亚农亦去哈佛，再度同学一年。彼此住处较远，功课也忙，遂少见面。但是在赴哈佛途中，我们在芝加哥曾一起畅游数日，晚间共宿一间旅舍，联床夜话，快慰生平。

自哈佛一别，一两年后分别返国，听说亚农一度在南京交通部任总务司长，总务之事千头万绪，亚农用其所学，得展长才，多方肆应，游刃有余。清华毕业学生，当时虽皆具有留学生之资格，返国任事大抵皆视其专门知识而各觅枝栖，绝少人事汲引，更无门户之分。无论学界或仕途，凡能有所建树，率由个人努力，亚农之在政界卓然有以自立，即其一例。我返国后仆仆南北，暌隔既久，遂鲜存问，迨后抗战军兴，虽皆避地入蜀，我大部时间蛰居北碚，交通困阻，亦难得谋面。在此期间，听说他有鼓盆之戚，中年丧偶，人何以堪，且子女尚幼，需人照护，而亚农伉俪情深，兼为子女之故，不谋胶续，于是内外兼顾，身心俱疲，其处境之苦可以想见。

一九四九年我到台湾，始得与亚农再度在台北聚首。我看他孑然一身，寄食友朋，相对话旧，怃然久之。翌年他奉命赴高雄港务局，港务局事务纷繁，且责任重大，非事务长才断难胜任，故亚农膺命，窃庆得人。是年我游南部，便道访亚农于港务局招待所，承设盛筵，痛饮尽欢，席间亚农高歌皮黄一曲，虽然举目有山河之异，而歌喉嘹亮不减当年。夜阑客去，亚农留我下榻该处，寝室高据山顶，俯瞰全港，是日天朗气清，月色皎洁，我们即在阳台之上瀹茗闲话。亚农告我，鳏居六年备尝艰苦，今幸子女长大，中馈不便再虚，并嘱我留意代为物色。我受人之托，忠人之事，后来果得机会，乘其公出台北之便，相偕作初步接触，亚农似不属意，遂无下文。不久之后听说他业已续娶。婚媾之事，莫非前世姻缘，其中曲折，非外人所宜置喙。

我们一九二三级同学，初入学府有九十人左右，是旧制清华学校最大的一级，八年后毕业时仅余六十几人。我初到台湾时，同班同学亦尚有十数人在台。我们曾不定期地轮流邀宴，借以话旧，不及两度循环，便渐渐凋零，难以为续。如今亚农一去，又弱一个。亚农朴实厚重，实则多才多艺。因其先君雅擅诗词，兼工铁笔，故亚农自幼熏陶，趣味亦自不凡，唯不喜矜露，故外人罕有知者。

悼沈宗翰先生

他自奉俭、待人宽、做事勤、治家严，他有种种长处非侪辈所能及。

我有两个朋友，都是学农，虽然不是在实验室里做工作，但是对我国农业都有大贡献，而且都有高尚的品格，令人景仰。一个是张心一先生，一个是沈宗翰先生。

沈先生长我几岁，是一个永远朝气蓬勃不知老之将至的人。他为人严肃认真，而又有一股诚挚热情，所以不但可敬，而且可爱。一九四九年我初来台湾，在台北寓居德惠街，沈宗翰先生也住同一街上。有一天他路过我的寓处看到门牌上有我的姓名，遂叩门而入，异地重逢，自有一番惊喜。临去时他瞥见我的桌上散放着围棋棋盘棋子，遂曰："老兄亦乐此道？"我告诉他，陈可忠、张北海、祁志厚常在周末来此手谈，我仅作壁上观，因为艺不如人，羞于献丑。我又告诉他，陈雪屏先生有一次要我做一件事，言明以陪我弈棋一局为酬，我的棋艺如何可以想见。沈先生曰："没关系，我教我的儿子来陪你下棋。"我急谢不敏，小孩子未可轻视。后来我才知道，他的儿子君山先生乃此中高手，时年十岁左右。

我离开德惠街住进师大宿舍，此后与沈先生遂少往来。有一次他路过师大，看见我和潘重规先生一起随着施调梅先生在图书馆前打太极拳。他走过来叙谈，对于太极拳发生浓厚兴趣，于是经我介绍，他也拜施先生为师。他午后下班之后才有功夫，请施先生到他家里施教。沈先生也教他的夫人一同学习。他用功勤，从不中辍一日。施先生曾对我说："沈先生打拳好认真，我看他打得好苦。他筋骨强硬，似较近于打外家拳，不过太极对他也有好处。"果然，因勤练太极，他的风湿关节的病痛霍然而愈。沈先生常称我为同学，因习太极有同门之雅也。

六年前我自海外归来，沈先生飞笺相邀到他府上餐叙。我准时前往，时已甚晚，在黝黑的巷口只见沈先生独自徘徊，栖栖惶惶，好像是若有所待。故我趋前相问，他只是哧哧地笑，原来是他写请笺的时候把自己家的门牌号数写错了，当时心里就犹豫，快到吃饭的时候向夫人求证才知道是写错了，临时无法通知我，只好在巷口恭候！我告诉他，心不在焉，不一定是大学教授，相与大笑。

那次晚餐，只有主人夫妇和我一个人，家常便饭精美绝伦。席间谈及共同的朋友，不是已归道山，就是音信杳然。我告诉他，吴景超夫妇均已下世，张心一下落不明。为之感叹不止，因为这几位都是他在金陵大学的老同事，也是我的老同学。

我曾推崇他近年来事业上的成就，他谦逊不遑，连说："我的缺点甚多。"我说，我只知道他有一大缺点。他面色凝重地听我讲下去。我说："你说的话我时常听不懂。"他的乡音很重，说话又急促，令人听来十分吃力。我有好几位朋友都是非常顽强地保存乡音，一点也不肯通融。

我们品藻人物，常注意到他的才、学、品。像沈宗翰先生，其才学之高固不待言，尤令人向往的乃是他的人品。他自奉俭、待人宽、做事勤、治家严，他有种种长处非侪辈所能及。今先生遽归九泉，我于震惊哀悼之余，回忆风范，不禁长叹：此今之古人！

怀念陈慧

疯子、情人、诗人，三位一体，如果时运不济，命途迍邅，其结果怎能不酿成悲剧？

前几天在华副师大文学周的某一期里看到邱燮友先生的一篇文章，提到陈慧，我读了心里很难过，因为陈慧已在十多年前自杀了。

陈慧本名陈幼睿，广东梅县人，在海外流浪，以侨生名义入师范大学国文系，毕业后又入国文研究所，取得硕士学位。在报刊上他不时地有新诗发表，有些诗写得颇有情致。某一天他写信来要求和我谈谈。到时候他来到安东街我家，这是我第一次和他会面，谈的是有关诗的问题，以及他个人的事。他身材修长，清癯消瘦的脸苍白得可怕，头发蓬松，两只大眼睛呆滞地向前望着，一望而知他是一个抑郁寡欢的青年。年轻的学生们常有一些具有才气而性格奇特的畸人，不知为什么我对他们有缘，往往一见如故，就成为朋友。陈慧要算是其中一个。从他的言谈里我知道他有深沉的乡愁，萦念他的家乡，而且孝思不匮，特别想念他的老母。他说话迟缓，近于木讷，脸上常带笑容，而那笑不是欢笑。我的客厅磨石子地，没有地毯，打蜡之后很亮很滑，我告他不必脱鞋，我没有拖鞋供应。他坚持要脱，露出了前后洞穿的脏破的袜子。他也许自觉甚窘，不断地把两脚往沙发底下伸，同时不停地搓着手。每次来都是这样。

他的硕士论文我记得是《〈世说新语〉的研究》，《世说新语》正好是我所爱读的一部书，里面问题很多，文字方面难解之处亦复不少，因此我们也得互相切磋之益。但是他并不重视他的论文，因为他不是属于学院派的那个类型，对于考据校勘的工作不大感兴趣，认为是枯燥无味，他喜欢欣赏玩味《世说新语》所涵有的那些隽永的哲理和晶莹的词句。论文写好之后曾拿来给我看，厚厚的一大本，确实代表了他所投下的大量的工夫。他自己并不觉得满意，也不曾企图把它发表。

他对于学校里某些老师颇有微词，以为他们坚持有志于学的生员必须履行旧日拜师的礼节，乃是不合理的事，诸如三跪九叩、点蜡烛、摆香案、宴宾客等等。他尤其不满意的是，对于不肯这样拜师的人加以歧视，对于肯行礼如仪的人也并不传授薪火，最多只是拿出几本递相传授的曾经批点过的古书手稿之类予以展示。陈慧很倔强，不肯磕头拜师，据他说这是他毕业之后不获留校做助教讲师的根由。我屡次向他解说，磕头拜师是旧日传统礼仪，其基本动机是尊师重道，无可厚非，虽然在学校读书已有师生之分，无需于今之世再度补行旧日拜师之礼，而且叠床架屋，转滋纷扰。不过开设门庭究竟是师徒两厢情愿之事，也并不悖尊师重道之旨，大可不必耿耿于怀。我的解释显然不能使他释怀，他的忧郁有增无减。

他的恋爱经验更添加了他的苦楚。他偶然在公车上邂逅一位女郎，一头秀发披肩，他讶为天人。攀谈之下，原是同学，从此往来遂多，而女殊无意。他坠入苦恼的深渊不可自拔。暑假开始，他要去狮头山小住，一面避暑，一面以小说体裁撰写其失恋经过，以摅发他心中的烦闷。他邀我同行，我愧难以应。他独自到了狮头山上，住进最高峰的一个尼姑庵里。他来信说，他独居一大室，空空洞洞，冷冷清清，经声梵呗，发人深省，一夕室内剥啄之声甚剧，察视并无人踪，月黑高风，疑为鬼物为祟，惊骇欲绝，天明时才发现乃一野猫到处跳踉。庵中茹素，但鲜笋风味极佳，频函促我前去同享，我婉谢之。山居这一段期间可能是他最快乐的时间。下山归来挟小说稿示我：裒然巨帙，凡数十万言。但仆仆奔走，出版家不可得，这对他又是一项打击。

他的恋爱一波未平一波又起。据他告诉我这一回不是浪漫的爱，是脚踏实地的步步为营。对方是一位南洋女侨生，毕业后将返回马来亚侨居地，于是他也想追踪南去。几经洽求，终于得到婆罗洲汶莱[1]的一所侨校的邀聘。他十分高兴地偕同他的女友来我家辞行，我祝福他们一帆风顺。他抵达汶莱之后，兴致很高，择期专赴近在咫尺的吉隆坡，用意是拜访女友家长，期能同意他们的婚事。万没想到晤谈之后竟遭否决。好事难谐，废然而退。这是他再度的失败。他觉得在损伤之外又加上了侮辱。他没有理由再在汶莱勾留，决心要到美国去发展。不幸地又在签证上发生了波折，美国领事拒绝签证，他和领事发生了剧烈

① 即文莱。——编者注

的争吵，最后还是签证了，他气忿地到了纽约。这一段经过他有长函向我报告，借唠叨的叙述发泄他的积郁，我偶然也复他一信安慰他一番。

他在纽约茫茫人海，举目无亲，原意入大学研究所，继续研读中国文学，但美国大学之讲授中国文学，其对象为美国人士，需操英语，他的条件不具备，因此被拒。穷途无聊，乃入中国餐馆打工，生活可以维持，情绪则非常低落。他买了几件小小礼物，托人带给我，并附长信，谓流落外邦，伤心至极，孤独惶恐，走投无路，愿我为他指点迷津。我看他满纸辛酸，而语意杂乱，征营慑悸之情跃然纸上，恐将近于精神崩溃。我乃驰书正颜相告，“为君之计，既不能入学读书，又无适当职业可得，曷不早归？”以后遂无音讯。

约半年后，以跳楼自杀闻。只是听人传说，尚未敢信，一九七〇年四月我偕眷旅游纽约，遇师大同学陈达遵先生，经他证实确有此事，而且他和陈慧相当熟识。

莎士比亚的《仲夏夜之梦》第五幕第一景有这样一段：

> 情人与疯子都是头脑滚热，想入非非，所以能窥见冷静的理智所永不能明察的东西。疯子、情人、诗人，都完全是用想象造成的：一个人若看见比地狱所能容的更多的鬼，那便是疯子；情人，也全是一样的狂妄，在一个吉普赛女人脸上可以看出海伦的美貌；诗人的眼睛，在灵感的热狂中只消一翻，便可从天堂看到人世，从人世看到天堂……

疯子、情人、诗人，三位一体，如果时运不济，命途迍邅，其结果怎能不酿成悲剧？陈慧天性厚道，而又多愁善感，有诗人的禀赋。但是他的身世仪表地位又不足以使他驰骋情场得心应手，同时性格又不够稳定，容易激动。终于走上绝途，时哉命也！

我手边没有存留他的信笺诗作，现在提笔写他，他的音容，尤其是他的那两只茫然的大眼睛，恍然如在目前。

记黄际遇先生

但友朋饮宴之间，尤其是略有酒意之后，他的豪气大发，谈笑风生。他知道的笑话最多，荤素俱全，在座的人无不绝倒，甚至于喷饭。

看见《华学月刊》第六十七期周邦道先生作《黄际遇传略》，不禁忆起四十多年前和黄际遇先生在青岛大学共事四年的旧事。民国十九年夏，国立青岛大学正式成立，行开学礼的那一天，我和杨金甫、闻一多等走过操场步向礼堂的时候，一位先生笑容可掬地迎面而来，年约五十岁，紫檀脸，膀大腰圆，穿的是布长衫，黑皂鞋，风神萧散。经金甫介绍，他就是我们的理学院长数学系主任黄际遇先生。先生字任初，因为他比我大十几岁，我始终称他为任初先生。他是广东澄海人，澄海属潮州府，近汕头，他说的是一口广州官话，而调门很高。他性格爽朗，而且诙谐，所以很快地就大家熟识起来了。初见面，他给我的印象很深，尤其是他的布长衫有一特色，左胸前缝有细长细长的口袋，内插一根钢笔一根铅笔。据他说，取其方便。

先生未携眷，独居第八宿舍楼上。他的长公子家器，考入青岛大学数学系，住学生宿舍。闻一多后来送家眷还乡，也迁入第八宿舍，住楼下。所以这一所单身宿舍是我常去的地方。一多的房间到处是书，没有一张椅子上没有书，客去无落座处，我经常是到一多室内打个转，然后偕同上楼去看任初先生，喝茶聊天。潮、汕一带的人没有不讲究喝茶的，我们享用的起码是“大红袍”“水仙”之类。任初先生也很考究吃，从潮州带来厨役一名专理他的膳食。有一天他邀我和一多在他室内便餐，一道一道的海味都鲜美异常，其中有一碗白水氽虾，十来只明虾去头去壳留尾，滚水中一烫，经适当的火候出锅上桌，肉是白的尾是红的，蘸酱油食之，脆嫩无比。这种简单而高明的吃法，我以后模仿待客，无不称善。他还有一道特别的菜，清汤牛鞭，白汪汪地漂在面上，主人殷勤劝客，云有滋补之效，我始终未敢下箸。此时主人方从汕头归来，携带潮州蜜柑一篓，饭后飨客，柑中型大小，色泽特佳，灿若渥丹，皮肉松紧合度，于汁多而甜之外别有异香长留齿颊之间。

任初先生有写日记的习惯，写在十行纸的本子上，永远是用毛笔写，有时行书，有时工楷，写得整整齐齐，密密麻麻，据云写了数十年未曾间断。他的日记摊在桌上，不避人窥视，我偶然亦曾披览一二页，深佩其细腻而有恒。他善治小学，对于字的形体构造特别留意，故书写之间常用古体。他对于时下一般人之不识字深致感慨，有一次他告诉我某公高吟《红楼梦》的名句“茜纱窗下公子多情，黄土陇中佳人薄命”，把茜读作西。他的日记里更常见的是象棋谱，他对于此道寝馈甚久，与人对弈常能不用棋盘，即用棋盘弈后亦能默记全部之着数，故每有得意之局辄逐步笔之于日记。他曾遍访国内名家，棋艺之高可以想见。

先生于芝加哥大学数学系获有硕士学位。其澄海寓邸门上有横匾大书“硕士第”，真是书香门第，敦厚家风。长公子家器随侍左右，执礼甚恭，先生管教甚严，不稍假借。对待学生也是道貌岸然。但友朋饮宴之间，尤其是略有酒意之后，他的豪气大发，谈笑风生。他知道的笑话最多，荤素俱全，在座的人无不绝倒，甚至于喷饭。我们在青岛的朋友，有酒中八仙之称，先生实其中佼佼者。三十斤的花雕一坛，共同一夕罄尽，往往尚有余兴，随先生到其熟识之潮州帮的贸易商号，排闼而入，直趋后厅，可以一榻横陈，吞烟吐雾，有佼童兮，伺候茶水，小壶小盏，真正的功夫茶。先生至此，顾而乐之。

一日，省主席韩复榘来校，要对全校“训话”。青岛大学名为国立，实际经费出自省方，而青岛市亦稍有协款。主席偕市长到校，声势非凡。训话之前，校长邀全体教职员在会议室和主席晤谈。我因为久闻“韩青天”的大名，以及关于他的种种趣谈，所以欣然应命。任初先生有一些惴惴不安，因为他在河南曾做过一任教育厅长，正是韩复榘的属下，有一回河南大学学生罢课，韩大怒，传河南大学校长（是张广舆吧？）问话，任初先生心知不妙，乃陪同晋见。韩厉声叱责，校长刚欲申辩，韩喝令跪下，校长抗声曰“士可杀不可辱”，韩冷笑一声说：“好，我就杀了你！”任初先生一看事情不祥，生怕真有人头落地，用力连推带拉，校长双膝跪落，其事乃解。任初先生把这段故事讲给我们听，真令人啼笑皆非。好在这一次韩到青岛大学，态度很谦和，除了捧着水烟袋有些迂腐的样子之外，并无跋扈之态，也没有外传种种愚蠢无知的迹象。

我离开青岛后一年，任初先生也南下到中山大学，我们遂失去联络。抗战军兴，先生避居香港，中山大学一度迁到滇南，后又迁返粤北坪石，先生返校继续教学。三十四年抗战胜利，先生搭木船专返广州。一夕，在船边如厕，不慎堕水，遂与波臣为伍，时公子家器奋不顾身跃水救援，月黑风高，不见其踪迹。

先生博学多才，毕生劳瘁，未厄于敌骑肆虐之时，乃殒于结伴还乡之际，噫！

闲谈

辑四

我想鬼还是在活人的心里。
疑心生暗鬼。

考生的悲哀

榜上如果没有我的名字，我从此在人面前要矮上半尺多。我在街上只能擦着边行走，我在家里只能低声下气地说话，我吃的饭只能从脊梁骨下去。

我是一个投考大学的学生，简称曰考生。

常言道，生，老，病，死，乃人生四件大事。就我个人而言，除了这四件大事之外，考大学也是一个很大的关键。

中学一毕业，我就觉得飘飘然，不知哪里是我的归宿。“上智与下愚不移。”我并不是谦逊，我非上智，考大学简直没有把握，但我也并不是狂傲，我亦非下愚，总不能不去投考。我惴惴然，在所能投考的地方全去报名了。

有人想安慰我：“你没有问题，准是一榜及第！”我只好说：“你先别将我捧得高，万一我一败涂地，可怎么办？”

有人想恫吓我：“听说今年考生特别多，一百个里也取不了一个。可真要早些打主意。”我有什么主意可打呢？

有人说风凉话：“考学校的事可真没有准，全凭运气。”这倒是正道着了我的心情。我正是要碰碰运气。也许有人相信，考场的事与父母的德行、祖上的阴功、坟地的风水都很有关系，我却不愿因为自己考学校而连累父母和祖坟，所以说我是很单纯地碰碰运气，试试我的流年。

话虽如此，我心里的忐忑不安是与日俱增的。临阵磨枪，没有用；不磨，更糟心。我看见所有的人眼里都在用奇异的目光盯着我，似乎都觉得我是一条大毛虫，不知是要变蝴蝶，还是要变灰蛾。我也不知道我要变成一样什么东西。

我心里悬想：如果考取，是不是可以扬眉吐气？是不是有许多人要给我几张笑脸看？如果失败，是不是需要在地板上找个缝儿钻进去？常听长一辈的人说，不能念书就只好去做学徒，学徒是要给掌柜的捧夜壶的。因此，我一连多少天，净做梦，一梦就是夜壶。

我把铅笔修得溜尖，锥子似的。墨盒里加足了墨汁。自来水笔灌足了墨水，外加墨水一瓶。三角板、毛笔、橡皮……一应俱全。

一清早我到了考场，已经满坑满谷的都是我的难友，一个个的都是神头鬼脸，龇牙咧嘴的。

听人说过，从前科举场中，有人喊："有恩报恩，有仇报仇！"我想到这里，就毛骨悚然。考场虽然很明朗，似也不免有些阴森之气。万一有个鬼魂和我过不去呢？

题目试卷都发下来了。我一目十行，先把题目大略地扫看一遍。还好，听说从前有学校考国文只有一道作文题目，全体交了白卷，因为题目没人懂，题目好像是"卞壶不苟时好论"，典出《晋书》。我这回总算没有遇见"卞壶"，虽然"井儿""明儿"也难倒了我。有好几门功课，题目真多，好像是在做常识试验。考场里只听得沙沙响，像是蚕吃桑叶。我手眼并用，笔不停挥。

“啪”一声，旁边一位朋友的墨水壶摔了，溅了我一裤子蓝墨水。这一点也不稀奇，有必然性。考生没有不洒墨水的。有人的自来水笔干了，这也是必然的。有人站起来大声问：“抄题不抄题？”这也是必然的。

考场大致是肃静的。监考的先生们不知是怎么选的，都是目光炯炯，东一位，西一位，好多道目光在考场上扫来扫去，有的立在台上高瞻远瞩，有的坐在空位子上作埋伏，有的巡回检阅，真是如临大敌。最有趣的是查对照片，一位先生给一个学生相面一次，有时候还需要仔细端详，验明正身而后已。

为什么要考这样多功课，我不懂。至少两天，至多三天，我一共考四个学校，前前后后一个整月耗在考试中间，考得我不死也得脱层皮。

但是我安然考完了，一不曾犯规，二不曾晕厥。现就等着发榜。

我沉着了气，我准备面对最恶劣局势的来临。万一名落孙山，我不寻短见，明年再见。可是我也准备好，万一榜上有名，切不可像《儒林外史》里的范进，喜欢得痰迷心窍，挨屠户的一记耳光才醒得过来。

榜？不是榜！那是犯人的判决书。

榜上如果没有我的名字，我从此在人面前要矮上半尺多。我在街上只能擦着边行走，我在家里只能低声下气地说话，我吃的饭只能从脊梁骨下去。不敢想。如果榜上有名，则除了怕嘴乐得闭不上之外当无其他危险。明天发榜，我这一夜没睡好，直做梦，净梦见范进。

天亮，报童在街上喊：“买报瞧！买报瞧！”我连滚带爬地起来，买了一张报，打开一看，蚂蚁似的一片人名，我闭紧了嘴，怕心脏从口里跳出来。找来找去，找到了，我的名字赫然在焉！只听得，扑通一下，心像石头一样落了地。我和范进不一样，我没发疯，我也不觉得乐，我只觉得麻木空虚，我不由自主地从眼里迸出了两行热泪。

利用零碎时间

> 学校的教育应该是启发学生好奇求知的心理，鼓励他自动地往图书馆里去钻研。假如一个人在学校读书，从来没有翻过图书馆的书目卡片，没有借过书，无论他的功课成绩多么好，我想他将来多半不能有什么成就。

我常常听人说，他想读一点书，苦于没有时间。我不太同情这种说法。不管他是多么忙，他总不至于忙得一点时间都抽不出来。一天当中如果抽出一小时来读书，一年就有三百六十五小时，十年就有三千六百五十小时，积少成多，无论研究什么都会有惊人的成绩。零碎的时间最可宝贵，但是也最容易丢弃。我记得陆放翁有两句诗："呼僮不应自升火，待饭未来还读书。"这两句诗给我的印象很深。待饭未来的时候是颇难熬的，用以读书岂不甚妙？我们的时间往往于不知不觉中被荒废掉，例如，现在距开会还有五十分钟，于是什么事都不做了，磨磨蹭蹭，五十分钟便打发掉了。如果用这时间读几页书，岂不较为受用？至于在"度周末"的美名之下把时间大量消耗的人，那就更不必论了。他是在"杀时间"，实在也是在杀他自己。

一个人在学校读书的时间是最可羡慕的一段时间，因为他没有生活的负担，时间完全是他自己的。但是很少人充分地把握住这个机会，多多少少地把时间浪费掉了。学校的教育应该是启发学生好奇求知的心理，鼓励他自动地往图书馆里去钻研。假如一个人在学校读书，从来没有翻过图书馆的书目卡片，没有借过书，无论他的功课成绩多么好，我想他将来多半不能有什么成就。

英国的一个政治家兼作者 William Cobbett（一七六二至一八三五年）写过一本书《对青年人的劝告》，其中有一段“利用零碎时间”。我觉得很感动人，译抄如下：

> 文法的学习并不需要减少办事的时间，也不需要占去必须的运动时间。平常在茶馆、咖啡馆用掉的时间以及附带着的闲谈所用掉的时间——一年中所浪费掉的时间——如果用在文法的学习上，便会使你在余生中成为一个精确的说话者、写作者。你们不需要进学校，用不着课室，无需费用，没有任何麻烦的情形。我学习文法是在每日赚六便士当兵卒的时候，床的边沿或岗哨铺位的边沿便是我研习的座位，我的背包便是我的书架子，一小块木板放在腿上便是我的写字台，而这工作并未用掉一整年的功夫。我没钱去买蜡烛油；在冬天，除了火光以外我很难得在夜晚有任何光，而那也只好等到我轮值时才有。
>
> 如果我在这种情形之下，既无父母又无朋友给我以帮助与鼓励，居然能完成这工作，那么任何年青人，无论多穷苦，无论多忙，无论多缺乏房间或方便，还有什么可借口的呢？为了买一支笔或一张纸，我被迫放弃一

部分粮食，虽然是在半饥饿的状态中。在时间上没有一刻钟可以说是属于自己的，我必须在十来个最放肆而又随便的人们之高谈阔论、歌唱嬉笑、吹哨吵闹当中阅读写作，而且是在他们毫无顾忌的时间里。莫要轻视我偶尔花掉的买纸、笔、墨水的那几文钱。那几文钱对于我是一笔大款！除了为我们上市购买食物所费之外，我们每人每星期所得不过是两便士。我再说一遍，如果我能在此种情形下完成这项工作，世界上可能有一个青年能找到借口说办不到吗？哪一位青年读了我这篇文字，若是还要说没有时间、没有机会研习这学问中最重要的一项，他能不羞惭吗？

以我而论，我可以老实讲，我之所以成功，得力于严格遵守我在此讲给你们听的教条者，过于我的天赋的能力；因为天赋能力，无论多少，比较起来用处较少，纵然以严肃和克己来相辅，如果我在早年没有养成那爱惜光阴之良好习惯，便无法获得现在所拥有的知识积累。我在军队获得非常的擢升，有赖于此者胜过其他任何事物。我是“永远有备”：如果我在十点要站岗，我在九点就准备好了。从来没有任何人或任何事在等候我片刻时光。年过二十岁，从上等兵立刻升到军士长，越过了三十名中士，应该成为大家嫉恨的对象；但是这早起的习惯以及严格遵守我讲给你们听的教条，确曾消灭了那些嫉恨的情绪，因为每个人都觉得我所做的乃是他们所没有做的而且是他们所永不会做的。

Cobbett 这个人是工人之子，出身寒苦，早年在美洲从军，但是他终于因苦读、自修而成功。他写了不少的书，其中有一部是《英文文法》。这是一个很感动人的例子。

礼貌

我的朋友有一点窘，就好像要猴子的敲一声锣教猴子翻筋斗而猴子不肯动，当下喃喃地自言自语：“这孩子，没礼貌！”我心里想：他没有跳起来一拳把我打出门外，已经是相当的有礼貌了。

前些年有一位朋友在宴会后引我到他家中小坐。推门而入，看见他的一位少爷正躺在沙发椅上看杂志。他的姿势不大寻常，头朝下，两腿高举在沙发靠背上面，倒竖蜻蜓。他不怕这种姿势可能使他吃饱了饭吣出来，这是他的自由。我的朋友喊了他一声：“约翰！”他好像没听见，也许是太专心于看杂志了。我的朋友又说：“约翰！起来喊梁伯伯！”他听见了，但是没有什么反应，继续看他的杂志，只是翻了一下白眼，我的朋友有一点窘，就好像要猴子的敲一声锣教猴子翻筋斗而猴子不肯动，当下喃喃地自言自语：“这孩子，没礼貌！”我心里想：他没有跳起来一拳把我打出门外，已经是相当的有礼貌了。

礼貌之为物，随时随地而异。我小时在北平，常在街上看见戴眼镜的人（那时候的眼镜都是两个大大的滴溜圆的镜片，配上银质的框子和腿）。他一遇到迎面而来的熟人，老远地就刷地一下把眼镜取下，握在手里，然后向前紧走两步，两人同时口中念念有词互相蹲一条腿请安。我至今不明白为什么二人相见要先摘下眼镜。戴着眼镜有什么失敬之处？如今戴眼镜的人太多了，有些人从小就成了四眼田鸡，摘不胜摘，也就没人见人摘眼镜了。可见礼貌随时而异。

人在屋里不可以峨大冠，中外皆然，但是在西方则女人有特权，屋里可以不摘帽子。尤其是从前的西方妇女，她们的帽子特大，常常像是头上顶着一个大鸟窝，或是一个大铁锅，或是一个大花篮，奇形怪状，不可方物。这种帽子也许戴上摘下都很费事，而且摘下来也难觅放置之处，所以妇女可以在室内不摘帽子。多半个世纪之前，有一次在美国，我偕友进入电影院，落座之后，发现我们前排座位上有两位戴大花冠的妇人，正好遮住我们的视线。我想从两顶帽子之间的空隙窥看银幕亦不可得，因为那两顶大帽子不时地左右移动。我忍耐不住，用我们的国语低声对我的友伴说："这两个老太婆太可恶了，大帽子使得我无法看电影。"话犹未了，一位老太婆转过头来，用相当纯正的中国话对我说："你们二位是刚从中国来的么？"言罢把帽除去。我窘不可言。她戴帽子不失礼，我用中国话背后斥责她，倒是我没有礼貌了。可见礼貌也是随地而异。

西方人的家是他的堡垒，不容闲杂人等随便闯入，朋友访问以时，而且照例事前通知。我们在这一方面的礼貌好像要差一些。我们的中上阶级人家，深宅大院，邻近的人不会随便造访。中下的小户人家，两家可以共用一垛墙，跨出门不需要几步就到了邻舍，就容易有所谓串门子闲聊天的习惯。任何人吃饱饭没事做，都可以踱到别人家里闲磋牙，也不管别人是否有功夫陪你瞎嚼蛆。

有时候去的真不是时候，令人窘，例如在人家睡的时候，或吃饭的时候，或工作的时候，实在诸多不便，然而一般人认为这不算是失礼。一聊没个完，主人打哈欠，看手表，客人无动于衷，宾至如归。这种串门子的陋习，如今少了，但未绝迹。

探病是礼貌，也是艺术。空手去也可以，带点东西来无妨。要看彼此的关系和身份加以斟酌。有的人病房里花篮堆积如山，像是店铺开张，也有病人收到的食物冰箱里装不下。探病不一定要面带戚容，因为探病不同于吊丧，但是也不宜高谈阔论有说有笑，因为病房里究竟还是有一个病人。别停留过久，因为有病的人受不了，没病的人也受不了。除非特别亲近的人，我想寄一张探病的专用卡片不失为彼此两便之策。

吊丧是最不愉快的事，能免则免。与死者确有深交，则不免拊棺一恸。人琴俱亡，不执孝子手而退，抚尸陨涕，滚地作驴鸣而为宾客笑都不算失礼。吊死者曰吊，吊生者曰唁。对生者如何致唁语，实在难于措辞。我曾见一位孝子陪灵，并不匍伏地上，而是跷起二郎腿坐在椅子上，嘴里叼着纸烟，悠然自得。这是他的自由，然而不能使吊者大悦。西俗，吊客照例绕棺瞻仰遗容。我不知道遗容有什么好瞻仰的，倒是我们的习惯把死者的照片放大，高悬灵桌之上，供人吊祭，比较合理。或多或少患有“恐尸症”的人，看了面如黄蜡白蜡的一张面孔，会心里难过好几天，何苦来哉？在殡仪馆的院子里，通常麇集着很多的吊客，不像是吊客，像是一群人在赶集，热闹得很。

关于婚礼，我已谈过不止一次，不再赘。

饮宴之礼，无论中西都有一套繁文缛节。我们现行的礼节之最令人厌烦的莫过于敬酒。主人敬酒是题中应有之义，三巡也就够了。客人回敬主人，也不可少。惟独客人与客人之间经常不断地举杯，此起彼落，也不管彼此是否相识，也一一的皮笑肉不笑地互相敬酒。有些人根本不喝酒，举起茶杯汽水杯充数。有时候正在低头吃东西，对面有人向你敬酒，你若没有觉察，对方难堪，你若随时敷衍，不胜其扰。这种敬酒的习惯，不中不西，没有意义，应该简化。还有一项陋习就是劝酒，说好说歹，硬要对方干杯，创出“先干为敬”的谬说，要挟威吓，最后是捏着鼻子灌酒，甚至演出全武行，礼貌云乎哉？

珠履三千

我猜想，她可能是心理上有毛病，可能是患了一种精神病，即所谓“购买狂”(Oniomania)，染上这种病的人，看见东西就要买，直到囊中金尽而后已。

《史记》：“春申君客三千余人，其上客皆蹑珠履。”鞋上缀几颗珍珠，并不一定雅观，只是形容康门食客之骄奢而已。究竟三千余人并非个个都蹑珠履，仅限于上客才有此殊荣，然而亦足以夸耀一时，骇人听闻。

至若一个人而拥有名鞋三千双，宁非咄咄怪事?

菲律宾前第一夫人伊美黛偕乃夫仓皇离开马拉坎南宫的时候，虽然辎重财宝填满了两架飞机，有许多东西仍然不能不忍痛割舍了，其中的一项是她的三千双鞋。

一九八六年三月二十四日的《新闻周刊》这样地报道：

> 三千双鞋，八吋[①]半的尺码。五架柜没使用过的意大利古奇牌手提包，附带着价格标签尚未除去。五百条

---

① 1 吋 =2.54 厘米。——编者注

乳罩，大部分是黑色的，还有一大箱的腰带，腰围四十到四十二吋不等。大瓶香水，若干罐狄欧牌皱纹霜，一个可以走进人的保险箱里面，乱放着好几十个空首饰匣。上个星期马可仕夫妇的官殿开放给人游览，外国人和本国人看了第一夫人留下的东西，无不为之傻眼。一位美国访客，众议员斯提芬·索拉兹，说："这是我从未见过的骄奢淫佚之最恶劣的一例。若把玛利·安朵奈和她相比，真是小巫见大巫。"

过了不久，四月十四日的《新闻周刊》又有报道，是马可仕先生的怨诉：

马可仕先生接受ABC美国广播公司记者访问时，抱怨一切对他私人事务的探索，坚称在国际公法之下"一个国家的前任元首具有某种免于被人追究的权利，以保护其尊严"。记者科排尔却不顾他的尊严，问他伊美黛为什么有三千双鞋。"唉，她是弄到了各种各样的鞋，"他承认，"她大概是每天要换两双鞋。"他解释说，伊美黛存有这许多鞋，"是预备穿二十年的"。马可仕驳斥了有关伊美黛过分奢侈的故事。"出国购物的故事是捏造的，"他说，"全是谎言。"马可仕声称，他的家财的数量也被形容得过分。"目前我们很穷，"他抱怨，"我们没有钱可以动用。"这位前总统，他没有钱付医药费和食物费，因为"一切银行存款皆被冻结了"。

不解释还好，越描越黑。

鞋三千，不是一个小数目，普通的一个鞋店未必能有宽绰的空间展示或存储那么多的货品。伊美黛的鞋，据《新闻周刊》所附图片，是贮放在有玻璃拉门的鞋柜里面，一目了然，可以伸手取放。图片仅显示了一只半鞋柜的部分情形，据推测一只鞋柜分五格，每格置十双鞋于前排，又十双于后排，是每只鞋柜存放鞋一百双。须有三十只鞋柜才能放得下三千双鞋！至少须有三五十坪的空间才能放得下三十只鞋柜！我们普通人家能有三五十坪居住空间，便算是相当优裕，然而仅足这位第一夫人放置她的鞋！然而马可仕先生不承认其夫人是过分奢侈。

晋人阮孚有怪癖，常自吹火蜡屐，自言自语地叹道："未知一生当着几量屐。"他是有感于人生苦短，不知一辈子能穿几双鞋。他大概万想不到后世有人藏有三千双鞋准备二十年穿。我相信伊美黛一定也有鞋癖，她不会把二十年所有生活必需品都逐项储积起来，她只是收藏了三千双鞋而已。例如她的乳罩就只有五百条。她的鞋都是很考究的舶来品，细看那图片即可见一斑，也许是购自巴黎，也许是购自意大利。买鞋不能派人代办，非自己挑选试穿不可，所以这位第一夫人不能不经常出国旅游大事采购。然而马可仕先生说出国大事采购的故事是捏造的，完全是诳言！

人至贵显，便容易作威作福，忘其所以。不过像伊美黛那样的大手笔，历史上还是少见的。我猜想，她可能是心理上有毛病，可能是患了一种精神病，即所谓"购买狂"（Oniomania），染上这种病的人，看见东西就要买，直到囊中金尽而后已。设若赀财来源没有限制，有全体民脂民膏做后盾，则其购买量亦必大得惊人。三千双鞋的由来，也许就是为了满足她一时的欲望。说什么一天换两双，供二十年用，瞎扯！

讲到这三千双鞋，不禁想起《书经》上的一句话：“天非虐，唯民自速辜。”天不虐待人，是人自己造孽！

漫谈读书

读书，永远不恨其晚。晚，比永远不读强。

我们现代人读书真是幸福。古者“著于竹帛谓之书”，竹就是竹简，帛就是缣素。书是稀罕而珍贵的东西。一个人若能垂于竹帛，便可以不朽。孔子晚年读《易》，韦编三绝，用韧皮贯联竹简，翻来翻去以至于韧皮都断了，那时候读书多么吃力！后来有了纸，有了毛笔，书的制作比较方便，但在印刷之术未行以前，书的流传完全是靠抄写。我们看看唐人写经，以及许多古书的钞本，可以知道一本书得来非易。自从有了印刷术，刻版、活字、石印、影印，乃至于显微胶片，读书的方便无以复加。

物以稀为贵。但是书究竟不是普通的货物。书是人类的智慧的结晶，经验的宝藏，所以尽管如今满坑满谷的都是书，书的价值不是用金钱可以衡量的。价廉未必货色差，畅销未必内容好。书的价值在于其内容的精到。宋太宗每天读《太平御览》等书二卷，漏了一天则以后追补。他说：“开卷有益，朕不以为劳也。”这是“开卷有益”一语之由来。《太平御览》采集群书一千六百余种，分为五十五门，历代典籍尽萃于是，宋太宗日理万机之暇日览两卷，当然可以说是“开卷有益”。如今我们的书太多了，纵不说粗制滥造，至少是种类繁多，接触的方面甚广。我们读书要有抉择，否则不但无益而且浪费时间。

那么读什么书呢？这就要看个人的兴趣和需要。在学校里，如果能在教师里遇到一两位有学问的，那是最幸运的事，他能适当地指点我们读书的门径。离开学校就只有靠自己了。读书，永远不恨其晚。晚，比永远不读强。有一个原则也许是值得考虑的：作为一个道地的中国人，有些部书是非读不可的。这与行业无关，理工科的、财经界的、文法门的，都需要读一些蔚成中国文化传统的书。经书当然是其中重要的一部分，史书也一样的重要。盲目地读经不可以提倡，意义模糊的所谓“国学”亦不能餍现代人之望。一系列的古书是我们应该以现代眼光去了解的。

黄山谷说：“人不读书，则尘俗生其间，照镜则面目可憎，对人则语言无味。”细味其言，觉得似有道理。事实上，我们所看到的人，确实是面目可憎语言无味的居多。我曾思索，其中因果关系安在？何以不读书便面目可憎语言无味？我想也许是因为读书等于是尚友古人，而且那些古人著书立说必定是一时才俊，与古人游不知不觉受其熏染，终乃收改变气质之功，境界既高，胸襟既广，脸上自然透露出一股清醇爽朗之气，无以名之，名之曰书卷气。同时在谈吐上也自然高远不俗。反过来说，人不读书，则所为何事，大概是陷身于世网尘劳，困厄于名缰利锁，五烧六蔽，苦恼烦心，自然面目可憎，焉能语言有味？

当然，改变气质不一定要靠读书。例如，艺术家就另有一种修为。“伯牙学琴于成连先生，三年不成。成连言吾师方子春今在东海中，能移人情。乃与伯牙偕往，到蓬莱山，留伯牙宿，曰：‘子居习之，吾将迎师。’刺船而去，旬时不返。伯牙延望无人，但闻海水澒洞崩拆之声，山林窅冥，群鸟悲号，怆然叹曰：‘先生将移我情。’乃援琴而歌，曲成，成连刺船迎之而返。伯牙之琴，遂妙天下。”这一段记载，写音乐家之被自然改变气质，虽然神秘，不是不可理解的。禅宗教外别传，根本不立文字，靠了顿悟即能明心见性。这究竟是生有异禀的人之超绝的成就。以我们一般人而言，最简便的修养方法还是读书。

书，本身就有情趣，可爱，大大小小形形色色的书，立在架上，放在案头，摆在枕边，无往而不宜。好的版本尤其可喜。我对线装书有一分偏爱。吴稚晖先生曾主张把线装书一律丢在茅厕坑里，这偏激之言令人听了不大舒服。如果一定要丢在茅厕坑里，我丢洋装书，舍不得丢线装书。可惜现在线装书很少见了，就像穿长袍的人一样的稀罕。几十年前我搜求杜诗版本，看到古逸丛书影印宋版蔡孟弼《草堂诗笺》，真是爱玩不忍释手，想见原本之版面大，刻字精，其纸张墨色亦均属上选。在校勘上笺注上此书不见得有多少价值，可是这部书本身确是无上的艺术品。

鬼

我想鬼还是在活人的心里。疑心生暗鬼。

我不信有鬼，除非我亲眼看见鬼。

有人说他亲眼见过鬼，但是我不信他说的话。也许他以为他看见了鬼，其实那不是鬼，杯弓蛇影，一场误会。也许他是有意捏造故事，鬼话连篇，别有用心。

更多的人说，他自己虽然没有见过鬼，可是他有一位亲近而可信赖的人确实见过鬼，或是那亲近而可信赖的人他又有一位亲近而可信赖的人确实见过鬼，言之凿凿，不容怀疑。他不是姑妄言之，而我却是姑妄听之。我不信。

英国诗人雪莉[①]在牛津时作《无神论之必然性》，否认上帝之存在，被学校开除。他所举的理由我觉得有一项特别有理。他说，主张上帝存在的人，应该负起举证的责任，证明上帝存在，不应该让无神论者举证来证明上帝不存在。我觉得此一论点亦适用于

---

① 即雪莱。——编者注

鬼。谁说有鬼，谁就应该举证，而且必须是客观具体确实可靠的证据，转口传说都不算数。

王充《论衡》之《论死》《订鬼》诸篇，亟言“人死不为鬼”，“凡天地之间有鬼，非人死精神为之也，皆人思念存想之所致也”。王充是东汉人，距今约二千年，他所说的话虽然未能全免阴阳五行之说的习气，但在那个时代就能有那样的见识，实在难能可贵。他说：“夫为鬼者，人谓死人之精神。如审鬼者，死人之精神，则人见之，宜徒见裸袒之形，无为见衣带被服也。……”这话有理，若说人死为鬼，难道生时穿着的衣服也随同变为鬼？

我不信有鬼，但若深更半夜置身于一个阴森森的地方，纵无鬼影幢幢，鬼声啾啾，而四顾无人，我也会不寒而栗。这是因为从小听到不少鬼故事，先入为主，总觉得昏黑的地方可能有鬼物潜伏。小时候有一阵子，我们几个孩子每晚在睡前挤在父亲床前，听他讲一段《聊斋》的鬼狐故事。《聊斋》的笔墨本来就好，经父亲绘影绘声地一讲，直听得我们毛发倒竖。我知道那是瓜棚豆架野老闲聊，但是小小的心灵里，从此难以泯尽鬼物的可怕的阴影。

虽然我没有“雄者吾有利剑，雌者纳之”那样的豪情，我并不怕鬼。如果人死为鬼，我早晚也是一鬼，吾何畏彼哉？何况还有啖鬼的钟馗为人壮胆？我在清华读书的时候，有一次冬寒之夜偕二三同学信步踱出校门购买烤白薯，时月光如水，朔风砭骨，而我们兴致很高，不即返回宿舍，竟觅就近一所坟园，席地环坐，分食白薯。白杨萧萧，荒草没径，我们不禁为之愀然，食毕遂匆匆离去。然亦未见鬼。

在青岛大学，同事中有好事者喜欢扶乩，尝对我说李太白曾经降坛，还题了一首诗。他把那首诗读给我听，我就不禁失笑，因为不仅词句肤浅，而且平仄不调，那位诗鬼李太白大概是仿冒的。不过仿冒归仿冒，鬼总是鬼。能见到一位诗鬼题一首不够格的歪诗，也是奇缘，我就表示愿意前去一晤那位鬼诗人。他欣然同意，约定某日的一夜，那一天月明风清，我到了他住的第八宿舍，那地方相当荒僻，隔着一条马路便是一片乱葬岗。他取出沙盘，焚香默祷，我们两人扶着乩笔，俄而乩笔动了。一人扶着乩笔，难得平衡，乩笔触沙，焉有不动之理？可是画来画去，只见一团乱圈，没有文字可循。朋友说：“诗仙很忙，怕是一时不得分身。现在我们且到马路那边的乱葬岗，去请一位闲鬼前来一叙。”我想也好，只要是鬼就行。我们走到一座墓前，他先焚一点纸钱，对于鬼也要表示一点小意思。然后他又念念有词，要我掀起我的长袍底摆，作兜鬼状，把鬼兜着走回宿舍。我们再扶乩，乩笔依然是鬼画符，看不出一个字。我说这位鬼大概不识字。朋友说有此可能，但是他坚持“诚则灵”的道理，他怪我不诚。我说我不是不诚，只是没有诚到盲信的地步。他有一点愠意，最后说出这样的一句：“神鬼怕恶人。”鬼不肯来，也就罢了，我不承认我是恶人。我无法活见鬼而已。

我的舅父在金华的法院任职很久，出名的廉明方正，晚年茹素念佛，我相信他不诳语。有时候他公事忙，下班很晚，夜间步行回家，由一个工人打着灯笼带路。走着走着，工人趑趄不前，挤在舅父身边小声说：“前面有鬼！”这时候路上还有别的行人。工人说：“你看，那一位行人就要跌跤了，因为鬼正预备用绳索绊倒他。”话犹未了，前面那位行人扑通一声跌倒在地。舅父正色曰：“不要理会，我们走我们的路。”工人要求他走在前面，他打着灯笼紧随在后。二人昂然走过，亦竟无事。这样的事发生不止一次，舅父也觉得其事甚怪。我有疑问，工人有何异禀，独能见鬼，而别人不能见？鬼又何所为，作此促狭之事，而又差别待遇择人而施？我还是不信有鬼。

鬼究竟是什么样子？也许像《乌盆计》或《活捉三郎》里的那个样子吧？也许更可怕，青面獠牙，相貌狰狞。哈姆雷特看见他父王的鬼，并不可怕，只是怒容满面，在舞台上演的时候那个鬼也只是戎装身上蒙一块白布什么的。人死为鬼，鬼的面貌与生时无殊。吊死鬼总是舌头伸得长长的，永远缩不回去。我不解的是：人是假借四大以为身，一死则四大皆空，面貌不复存在，鬼没有物质的身躯，何从保持其原有相貌？我想鬼还是在活人的心里。疑心生暗鬼。

运动

对于天天在马路上赛跑的人力车夫们，田径赛是多余的。

大概是李鸿章罢，在出使的时候道出英国，大受招待。有一位英国的皇族特别讨好，亲自表演网球赛，以娱嘉宾。我们的特使翎顶袍褂地坐在那里参观，看得眼花缭乱。那位皇族表演完毕，气咻咻然，汗涔涔然，跑过来问大使表演如何。特使戚然曰："好是好，只是太辛苦，为什么不雇两个人来打呢？"我觉得他答得好，他充分地代表了我们国人多少年来对于运动的一种看法。看两个人打球，是很有趣味的，如果旗鼓相当，砰一声打过来，砰一声打过去，那趣味是不下于看斗鸡、斗鹌鹑、斗蟋蟀。人多少还有一点蛮性的遗留，喜欢站在一个安逸的地方看别个斗争，看到紧急处自己手心里冷津津地捏着两把汗，在内心处感觉到一种轻松。可是自己参加表演，就犯不着累一身大汗，何苦来哉？摔跤的，比武的，那是江湖卖艺者流，士君子所不取。虽然相传自黄帝时候就有"蹴鞠"之戏，可是自汉唐以降我们还不知道谁是蹴球健将，我看了《水浒传》才知道宋朝一个"浮浪破落户子弟""高俅那厮"，

“最是踢得好脚气球”。我们自古以来就讲究雍容揖让，纵然为了身体的健康做一点运动，也要有分寸，顶多不过像陶侃之“日运百甓”，其用意也无非是习劳，并不曾想把身体锻炼得健如黄犊。

士大夫阶级太文明了，太安逸了，固然肢体都要退化，有变成侏儒的危险，肩不能挑担，手不能提篮，有变为废物的可能，但是在另一方面，所谓的广大民众又嫌太劳苦了，营养不足，疲劳过度，吃不饱，睡不足，一个个的面如削瓜，身体畸形发展，抬轿的肩膀上头有一块红肿的肉隆起如驼峰，挑水的脚筋上累累的疙瘩如瘿木，担石头的空手走路时也佝偻着腰像是个猿人，拉车子的鸡胸驼背，种庄稼的胼手胝足——对于这一般人，我们实在不愿意再提倡运动，我们要提倡的是生活水准的提高，然后他们可以少些运动。对于躺着吃饭坐着囤膘的朋友们，我们可以因势利导劝劝他们试行八段锦太极拳，大概不会发生什么大危险；对于天天在马路上赛跑的人力车夫们，田径赛是多余的。

外国人保留的蛮性要比我们多一些，也许是因为他们去古未远的缘故。看他们打架的方式就可以知道，一言不合，便是直接行动，看谁的胳臂力量大，不像我们之善于口角，干打雷不下雨。外国人的运动方式也多少和野蛮人的生活方式有些关联。我看过美国人赛足球，事前的准备不必提，单说比赛前夕的那个“鼓勇会”（Pep Meeting）就很吓人：在旷地燃起一堆烽火，大家围着火旋转叫嚣，熊熊的火光在每人的脸上照出一股“血丝糊拉”的狞恶相，队员被高高地举起在肩头上，像是要去做祭凶神的牺牲，只欠一阵阵冬冬的鼓，否则就很像印第安人战前的祭礼了。比赛的凶猛也不必提，只要看旁边助威的啦啦队，那真是如中疯魔生龙活虎一般，我们中国的所谓啦啦队轻描淡写的比起来只能算是幼年歌咏团。再说掷标枪，那不是和南非野人打猎一模一样的吗？打拳，那更是最直截了当的性命相扑。可是我说这些话并不含褒贬的意思。现在的外国人究竟不是野蛮人，他们很早的就在运动中建立起一套规矩，抽象地叫作运动道德。我们中国人素来不好运动，可是一运动起来就很容易口咬足踢连骂带打了。

美国学校的球队训练员是薪给最高的职位，如果他能训练出一队如狼似虎的队员在运动场上建立几次殊勋，他立刻就可以给学校收很大的招徕的功效。“所谓大学，即是一座伟大运动场附设一个小小的学院。”把运动当作一种霓虹广告，在外国已为人诟病，在中国某一些学校里仍然不失其为时髦。学校里体育功课不可少，一星期一小时，好像是纪念性质。一大群面有菜色的青年总可以挑出若干彪形大汉，供以在中国算是特殊的膳食，施以在外国不算严格的训练，自然都还相当茁壮，伸出胳臂来一连串的凸出的肉腱子，像是成串的陈皮梅似的，再饰以一身鲜明的服装，相当地壮观，可惜的是这仅仅是样品而已。这些样品能孳生出更有价值的样品——锦标、银杯。没有锦标银杯，校长室和会客室里面就太黯淡了。

有人说，人的筋肉、骨骼的发达是和脑筋的发达成正比例的。就整个的民族而言，也许是的，就个人分别而言，可是例外太多。在学校里谁都知道许多脑力过人的人往往长得像是一颗小蹦豆儿，好多在运动场上打破纪录的人在智力上并不常常打破纪录，除非是偶然地破留校年数的纪录。还有一层，运动和体育不同，犹之体格健壮与飞檐走壁不同。体格健壮是真正的本钱，可以令人少生病多做事，至于跳得高跑得快玩起球来“一似鳔胶黏在身上”，那当然也是一技之长，那意义不在耍坛子、举石锁、踩高跷、踏软绳之下。

为了四亿以上的人建筑一座运动场，不算奢侈。我参观过一座运动场，规模不算小，并且曾经用过一次，只是看台上已经长了好几尺高的青草，好像是要兼营牧畜的样子。我当时的感想，就和我有一次看见我们的一艘军舰的铁皮上长满海藻蚌蛤时的感想一般。

说俭

奢与俭本无明确界限，在某一时某一地并无亏于俭德之事，在另一时另一地即可构成奢侈行为。我们中国地大而物不博，人多而生产少，生活方式仍宜力持俭约。

俭是我们中国的一项传统的美德。老子说他有三宝，其中之一就是“俭”，“俭故能广”。《易·否》：“君子以俭德辟难。”《书·太甲上》：“慎乃俭德，唯怀永图。”《墨子·辞过》：“俭节则昌，淫逸则亡。”都是说俭才能使人有远大的前途、长久的打算、安稳的生活。占训昭然，不需辞费。读书人尤其喜欢以俭约自持，纵然显达，亦不欲稍涉骄溢。极端的例如正考父为上卿，饘粥以糊口，公孙宏位在三公，犹为布被，历史上都传为美谈。大概读书知礼之人，富在内心，应不以处境不同而改易其操守。佛家说法，七情六欲都要斩尽杀绝，俭更不成其为问题。所以，无论从哪一种伦理学说来看，俭都是极重要的一宗美德，所谓“俭，德之共也”就是这个意思。不过，理想自理想，事实自事实，侈靡之风亦不自今日始。一千年前的司马温公在他著名的《训俭示康》一文里，对于当时的风俗奢侈即已深致不满。“走卒类士服，农夫蹑丝履”，他认为是怪事。士大夫随俗而靡，他更认为可异。可见美德自美德，能实践的人大概不多。也许正因为风俗奢侈，所以这一项美德才有不时地标出的必要。

在西洋，情形好像是稍有不同。柏拉图的“共和国”，列举“四大美德”（Cardinal Virtues），而俭不在其内。后来罗马天主教会补列三大美德，俭亦不包括在内。当然基督教主张生活节约，这是众所熟知的。有人问 Thomas a Kempis（《效法基督》的作者）：“你是过来人，请问和平在什么地方？”他回答说：“在贫穷，在退隐，在与上帝同在。”不过这只是为修道之士说法，其境界不是一般人所能企及的。西洋哲学的主要领域是它的形而上学部分，伦理学不是主要部分，这是和我们中国传统迥异其趣的。所以在西洋，俭的观念一向是很淡薄的。

西洋近代工业发达，人民生活水准亦因之而普遍提高。物质享受方面，以美国为最。美国是个年轻的国家，得天独厚，地大物博，人口稀少，秉承了欧洲近代文明的背景，而又特富开拓创造的精神，所以人民生活特别富饶，根本没有“饥荒心理”存在。美国人只要勤，并不要俭。有一分勤劳，即有一分收获；有一分收获，即有一分享受。美国的《独立宣言》明白道出其立国的目标之一是“追求幸福”，物质方面的享受当然是人生幸福中的一部分。“一箪食，一瓢饮”，在我们看是君子安贫乐道的表现，在美国人看是落伍的理想，至少是中古的禁欲派的行径。美国人不但要尽量享受，而且要尽量设法提前享受，分期付款制度的畅行，几乎使得人人经常负上债务。

奢与俭本无明确界限，在某一时某一地并无亏于俭德之事，在另一时另一地即可构成奢侈行为。我们中国地大而物不博，人多而生产少，生活方式仍宜力持俭约。像美国人那样的生活方式，固可羡慕，但是不可立即模仿。英国讽刺文学家 Swift 说："砍掉双足，可以省去买鞋的麻烦。"我们盱衡国情，宁愿"削足适履"。现在国难方殷，我们处在戒严地区，上上下下更应该重视传统的俭德了。

与莎翁绝交之后

有人问他为何不命驾东游，他回答说：“我认识的中国人都是唐宋诗人，早已作古，我去看谁？”

我于一九六七、六八年译完《莎士比亚全集》，先后出版，共四十册，当时吐了一口大气，真是如释重负。这个重负压在我肩上历三十年之久。其间由于客观环境以及自身的疏懒，有许多许多空档交了白卷，但是三十年间这个负担对我的压力则未曾一日或减。一旦甩掉了包袱，当时心情之愉快可想。一时忘形，私下里自言自语地说：“莎士比亚先生，我从此将要和你绝交了！”“绝交”一语也许下得太重了一些。时间相差四百多年，空间相距十万八千里，彼此风马牛不相及，往日无冤，近日无仇，是我自动地找上他的门来，不自量力，硬要把他的全集译成中文，幸喜没有版权问题，所以也未征求他的同意。翻译过程之中，我也得到不少乐趣，即使译笔拙劣，或恐有误解原文之处，他也默不作声。所以我对莎翁只有感谢抱歉，怎好说出“绝交”二字？何况我根本不敢谬托知己？不过我确实也有抱怨，怨他的写作数量实在太多，精彩的作品固然层出不绝，早年的作品（尤其是与人合作的那一部分），并不怎样令人击赏。而译者没有权利挑肥拣瘦任意割裂，必须一视同仁的依样葫芦。因此之故，为了他，我的三十年光阴就在埋头苦干中度过去了。我这一生还有别的事情要做，还有别的东西要写，不能不冷落他一下，也许就真的从此断绝关系。久已想写一篇《与莎士比亚绝交书》，详述我心中的感触。病懒，一直没有秉笔。

我没有到过欧洲，不曾参观过莎氏故乡。不是没有前去游览的机会，只因时局的关系一再的未能如愿。尝引英文亚瑟·魏莱的话为我自己解嘲。魏莱译了不少的中国诗，但是他毕生不曾一履中土。有人问他为何不命驾东游，他回答说："我认识的中国人都是唐宋诗人，早已作古，我去看谁？"可是朋友们都为我抱屈，几乎一致地认为我没有不去瞻仰莎氏故乡的理由。

朋友中到过斯特拉福镇的亨烈街[①]莎氏出生地的人，于欣赏那座于一八五七年大事整修过的木造房屋之际，遥想一五六四年四月（大概是二十三日）梨花苹果花正在盛开，诗人莎士比亚诞生了。他们也登时想起了我，他们临去时总要买一些导游小册及图片之类的纪念品给我。他们到了少特莱镇访问莎氏夫人安·哈塔威的农舍，看到满园的花树姹紫嫣红开遍，看到起居室内那一具粗木制的鸳鸯椅，他们不禁想到莎氏当年和哈塔威小姐坐在一起喁喁谈情说爱的情况，他们就说："梁某某真应该来看看。"

有一位访问了莎氏"新居"，那是莎氏于一五九七年花了六十镑买到的寓所，比出生地旧居漂亮多了，为那时候当地第二

① 今多称之为"亨利街"。——编者注

幢豪华房屋。可惜屋前一棵大桑树据说是莎翁手植，于一七五八年被砍伐掉了。我的朋友买了一个小小的木雕莎翁半身像送我。据说就是用那棵大桑树的木料雕成的，是真是假无从对证。

又有一位凭吊莎翁墓于圣三一教堂，看到墙上有莎翁的半身石像，是涂了颜色的（古罗马石像很多是涂颜色的），像下面便是莎翁墓，一块不大起眼的石碣平铺在地面上，上面没有死者的生卒年月，只有四行并不怎样高明的诗，然而一代大诗人就是长眠于此。这位朋友悲哀不忍去，最后买了一张由教堂司事签名证明的墓碣拓片送我。这样的拓片我已积有两张。

此外诸如阿汶河上的风景，莎翁母亲家的寓所，莎氏纪念堂、剧院，伦敦南岸当年的几个剧院的遗址所在，对我都不是陌生的。虽然我未亲临其地，但是在我心目中都有明显的印象，因为承朋友们的好意，这些年来时常的供应我有关莎氏的资料。甚至有些不相识的人，自称“读者”（大概是指中译本的读者吧？）也从海外寄我图片，例如从丹麦寄来的爱尔新诺古堡图片(《哈姆雷特》一剧的背景）。又有人自意大利寄来的罗密欧、朱丽叶谈情的那个阳台的图片。这些大大小小的颁赠都有助于我的见闻，使我无须亲自跋涉，省却不少草鞋钱。

自从决计与莎翁绝交，对上述种种的纪念品就不复感觉兴趣，只好束之高阁。甚至我长期订阅的《莎士比亚季刊》也停止续订了，《莎士比亚年刊》我也不复阅读。每年戏剧季节，英国、加拿大和美国的某些都市都有莎剧上演，宣传品不断寄来，我只能略为翻阅而已。未尝不想去看，但已无余勇可贾。不过已有三十年的纠葛，要说一刀两断也不是容易事。何况有些朋友不大了然我的心情，偶尔仍以有关莎氏的问题询及刍荛，我也不能不重拾旧好再与周旋。例如“培根学说”，那是老掉牙的问题，固然不值一提，但是也有较新、较为具体的一些研究，未便一笔抹煞。例如一位美国学者霍夫曼从一九三六年起就在心中萌长一项猜疑，以为莎士比亚乃一位演员而已，其作品则恐怕是出于玛娄之笔。他花了十八年的功夫“上穷碧落下黄泉”不断地奔走研究，他想在文字方面用简单统计方法企图证明莎氏与玛娄实为一人，但是种种内证均不足以服人。最后他想到非举有力的外证不可。他认定莎氏作品的原稿一定是藏在当时特务头子华兴安爵士的墓里，因为华兴安是玛娄的上司。于是奔走求情，上下关说，意欲打开坟墓一窥究竟。挖掘坟墓非同小可，他竟能层层打通，但终为当地牧师否决，功亏一篑。霍夫曼欲解之谜仍然是一个谜以至于今。有人问我对此事有何评论。我的看法是：莎氏作品与玛娄作品俱在，作风迥异，不可能是一个人。剧本在当时不是文学“作品”，不可能被人重视到拿去殉葬。霍夫曼枉费精神。

我所看见的最新的一篇莎氏研究论文是美国斯丹佛[①]大学生物统计研究所一九八六年四月发表的一篇专门报告（列为第一百一十一号），题目是《莎氏是否写过新近发现的一首诗？》，作者是吉斯台德与艾夫龙。有人复印了一份给我，并且问我的意见。论文提要如下：

一九八五年十一月里牛津大学图书馆中发现了一

---

① 即斯坦福大学。——编者注

首七节的诗，是前所未见的，被认为是莎士比亚作品。这首诗真是莎士比亚写的么？兹以艾夫龙与吉斯台德在一九七六年讨论过的“非参数的经验的贝叶斯模型”对此诗用字方式之一贯性与莎士比亚真实作品用字方式之一贯性作一比较研究。例如，此诗有九个单独不同的字，是在以前莎氏作品中从未出现过的，而按照贝叶斯模型预测，在这样短的一首诗里其期望值为六点九七。为了更加了解此一模式之限制，我们也考虑了章孙、玛娄、邓约翰的诗，以及四首确属莎氏作品的诗。总而言之，此诗相当合理的与莎氏以前的写作惯例相符合，故可据以相信此诗确为莎氏所写。

论者使用的统计方法精致而客观，可以说是很科学的。案：在莎氏研究中使用统计方法已有相当长久的历史。一七七八年马龙首先提出了“诗行测验法”（Verse test），重点在计算诗行用韵以及联行在全部作品中之比例，其目的在于确定莎氏作品之写作年代，亦即我们所谓的“系年”。此后莎氏全集之编纂者几无不采用“诗行测验法”。虽然各家测验的结果并不完全一致的精确，但统计方法之值得使用是不容置疑的。

此一论文之检讨的对象是此诗之字汇，其目的在于“辨伪”。作者计算莎氏全部作品共八十八万四千六百四十七个字，在这八十八万多字之中各别不同的字有三万一千五百三十四个。一九八五年十一月十四日美国学者泰勒在牛津图书馆发现的这首诗很短，共仅四百二十九个字，其中各别不同的字有二百五十八个。在这二百五十八个字当中，有九个字是莎氏作品中所未见过的新字，例如 admiration 一字在莎氏作品中出现过十四次，但是从未以复数形出现过，所以 admirations 算是一个新字。另有七个字出现过一次，五个出现过二次……该论文只考虑出现过九十九次或不及九十九次的字。根据这些统计数字，细加分析，因而得到此诗并非赝品的结论。

我最初读到这首新发现的诗，凭直觉的主观的品味，以其内容之浅陋，不似大诗人之手笔。继而比较莎氏早年所作之诗歌，尤其是《凤凰与斑鸠》《热烈的情人》《杂调情歌》等篇，我想此一新发现的诗也许可以归入“少作”之列。再者，诗与歌本来可以有别。歌侧重唱的效果，行要短，韵要繁，要有声调铿锵之致，凡是流行歌曲无不如是。如今有统计的证明其非伪，我们也可以承认这是莎氏早年所作的一首情歌吧。

莎翁全集卷帙浩繁，已经够我们研究的了，再加上一首歌，又有何妨？

阿伯拉与哀绿绮思的情书

这是八百年前的一段风流案，一个尼姑与一个和尚所写的一束情书。古今中外的情书，没有一部比这个更为沉痛、哀艳、凄惨、纯洁、高尚。

我译《阿伯拉与哀绿绮思的情书》（*The Love Letters of Abelard and Heloise*）是在民国十七年夏天，那时候我在北平家里度暑假。原书（英译本）为英国出版的 Temple Classics 丛书之一，薄薄的一小册，是我的朋友翟菊农借给我看的。他说这本书有翻译的价值。我看了之后，大受感动，遂即着手翻译。年轻人做事有热情，有勇气，不一定有计划。看到自己喜欢的书，就想把它译出来，在译的过程中得到快乐，译完之后得到满足。北平的夏季很热，但是早晚凉。我有黎明即起的习惯，天大亮之后我就在走廊上借着藤桌藤椅开始我的翻译，家人都还在黑甜乡，没人扰我，只有枝头小鸟吱吱叫，盆里荷花阵阵香。一天译几页，等到太阳晒满了半个院子我便停笔。一个月后，书译成了。

暑假过后我回到上海，《新月》月刊正需要稿件，我就把《情书》的第一函第二函发表在《新月》月刊第一卷第八号（民国十七年十月十日出版），并且在篇末打出一条广告：

这是八百年前的一段风流案，一个尼姑与一个和尚所写的一束情书。古今中外的情书，没有一部比这个更为沉痛、哀艳、凄惨、纯洁、高尚。这里面的美丽玄妙的词句，竟成后世情人们书信中的滥调，其影响之大可知。最可贵的是，这部情书里绝无半点轻狂，译者认为这是一部“超凡入圣”的杰作。

广告总不免多少有些夸张，不过这部情书确是一部使我低徊不忍释手的作品。这部书译出来得到许多许多同情的读者。不久这译本就印成了单行本，新月书店出版。广告中引用“一束情书”四个字是有意的，因为当时坊间正有一本名为《情书一束》者相当畅销，很多人都觉过于轻薄庸俗，所以我译的这部情书正好成一鲜明的对比。

其实，写情书是稀松平常的事。青年男女，坠入情网，谁没有写过情书？不过情书的成色不同。或措辞文雅，风流蕴藉，或出语粗俗，有如薛蟠。法国的罗斯当[①]《西哈诺》一剧，其中的俊美而无文的克利斯将，无论是写情书或说情话，都极笨拙可笑，只会不断重复地说：“我爱你，我爱你，我爱你！”“我爱你”一语并不坏，而且是不能轻易出诸口的，多少情人在心里燃烧很久很久才能讲出这样的一句话，这一句话应该是有如火山之爆发，有如洪流之决口，下面还应有下文。如果只是重复着说“我爱你”，便很难打动洛克桑的芳心了。所以克利斯将不能不请诗人西哈诺

① 今多译为“罗斯丹”。——编者注

为他捉刀，替他写情书，甚至在阳台下朦胧中替他诉衷情。情书人人会写，写得好的并不多见。

情书通常是在一对情人因种种关系不得把晤的时候，不得已才传书递简以纸笔代喉舌。有一对情侣在结成连理之前暌别数载远隔重洋，他们每天写情书，事实上成为亲密的日记，各自储藏在小箱内，视同拱璧。后来在丧乱中自行付诸一炬。为什么？因为他们不愿公开给大众看。有些人千方百计地想偷看别人的情书，也许是由于好奇，也许是出于“闹新房”心理，也许是自己有一腔热情而苦于没有对象，于是借他人之酒杯浇自己之块垒。总之，情书不是供大众阅览的，而大家越是想看。

阿伯拉与哀绿绮思的情书是被公开了的，流行了八百多年，原文是拉丁文，译本不止一个。中古的欧洲，男女的关系不是开放的，一个僧人和一个修女互通情书简直是不可思议的事。中古教会对于男女之间的爱与性视为一种罪恶，要加以很多的限制（Rattrey Taylor 有一本书*Sex in History*，有详细而有趣的叙述）。我们中国佛教也是视爱为一切烦恼之源，要修行先要斩断爱根。但是爱根岂是容易斩断的？人之大患在于有身。有了肉身自然就有情爱，就有肉欲。僧侣修女也是人，爱根亦难斩断。阿伯拉与哀绿绮思都不是等闲之辈，他们的几封情书流传下来，自然成为不朽的作品。

中古尚无印刷，书籍流传端赖手钞。钞本难免增衍删漏，以及其他的舛误。所以阿伯拉与哀绿绮思的几通情书是否保存了原貌，我们很难论定。至少那第一函不像是阿伯拉的手笔。很像是后来的好事者所撰作的，因为第一函概括的叙述二人相恋的经过以及悲剧的发生，似是有意给读者一个了解全部真相的说明。有这样一个说明当然很好，不过显然不是本来面貌。我读了这第一函就有一种感觉，觉得好像是《六祖坛经》的自序品第一，不必经过考证就可知道这是后人加上去的。

阿伯拉是何许人？

阿伯拉（Pierre Abelard）是中古法国哲学家，生于一〇七九年，卒于一一四二年，享年六十三岁。他写过一篇自传《我的灾难史》（*Historia Calawitorium*），述说他的一生经过甚详。他生于法国西北部南次附近之巴莱（Palais）。他的父亲拥有骑士爵位，但是他放弃了爵位继承权，不愿将来从事军旅生涯，而欲学习哲学，专攻逻辑。他有两个有名的师傅：一位是洛塞林（Roscelin of Compiegne），是一位唯名论者，以为宇宙万物仅是虚名而已；另一位威廉（William of Champeaux），是一位柏拉图派实在论者，以为宇宙万物确实存在。阿伯拉自出机杼，独创新说，建立了一派“语文哲学”。他以为语言文字根本不足以证明宇宙万物之真理，宇宙万物乃是属于物理学的范畴。于是与二师发生激辩。

阿伯拉是属于逍遥学派的学者，在巴黎及其他各地学苑巡游演讲，阐述亚里士多德的逻辑。一一一三或一一一四年间他北至洛昂，在安塞姆（Anselm）门下研习神学，安塞姆乃当时圣经学者的领袖。可是不久他对安塞姆就感到强烈的不满，以为他所说的尽属空谈，遂即南返巴黎。他公开设帐教学，同时为巴黎大教堂一位教士富尔伯特（Canon Fulbert）的年轻侄女哀绿绮思作私人教师。不久，师生发生恋情，进而有了更亲密的关系，生了一个儿子。他们给他命名为阿斯楚拉伯（Astralabe）。随后他们就秘密举行婚礼。为躲避为叔父发觉而大发雷霆，哀绿绮思退隐在巴黎郊外之阿根特伊修道院。富尔伯特于阿伯拉不稍宽假，贿买凶手将阿伯拉实行阉割以为报复。阿伯拉受此奇耻大辱，入巴黎附近之圣丹尼斯寺院为僧，同时不甘坐视哀绿绮思落入他人之手，强使她在阿根特伊修道院舍身为尼。

阿伯拉在圣丹尼斯扩大其对神学之研究，并且不断地批评其同修的僧侣之生活方式。他精读圣经与教会神父之著作，引录其中的文句成集，好像基督教会的理论颇多矛盾之处。他乃编辑他所发现的资料为一集，题曰《是与否》（*Sic et Non*），写了一篇序，以逻辑学家与语文学家的身份制订一些基本规则，根据这些规则学者们可以解释若干显然矛盾的意义，并且也可以分辨好多世纪以来使用的文字之不同的意义。他也写了他的《神学》（*Theologia*）初稿，但于一一二一年苏瓦松会议中被斥为异端，并遭焚毁处分。阿伯拉对于上帝以及三位一体的神秘性之辩证的解释被认为是错误的，他一度被安置在圣美达寺院予以软禁。他回到圣丹尼斯的时候，他又把他的“是与否”的方法施用在这寺院保护神的课题上；他辩称驻高卢传道殉教的巴黎圣丹尼斯并不是被圣保罗所改变信仰的那位雅典的丹尼斯（一称最高法官戴奥尼索斯）。圣丹尼斯的僧众以为这对于传统的主张之批评乃是对全国的污辱。为了避免被召至法国国王面前受讯，阿伯拉从寺院逃走，寻求香槟的提欧拔特伯爵领邑的庇护。他在那里过孤寂隐逸的生活，但是生徒追随不舍，强他恢复哲学讲授。他一面讲授人间的学问，一面执行僧人的任务，颇为当时其他宗教人士所不满，阿伯拉乃计议彻底逃离到基督教领域之外。一一二五年，他被推举为遥远的布莱顿的圣吉尔达斯·德·鲁斯修道院院长，他接受了。在那里他与当地人士的关系不久也恶化了，几度几乎有了性命之忧，他回到法国。

这时节哀绿绮思主持一个新建立的女尼组织，名为“圣灵会”（Paraclete）。阿伯拉成为这个新团体的寺长，他提供了一套女尼的生活规律及其理由；他特别强调文艺研究的重要性。他也提供了他自己编撰的圣歌集。在一一三〇年代初期他和哀绿绮思把他们的情书和宗教性的信札编为一集。

一一三五年左右阿伯拉到巴黎郊外的圣任内微夫山去讲学，同时在精力奋发声名大著之中从事写作。他修订了他的《神学》，分析三位一体说信仰的来源，并且称赞古代异教哲学家们之优点，以及他们之利用理性发现了许多基督教所启示的基本教义。他又写了一部书，名为《伦理学》（*Ethica*），又名《认识你自己》（*Scito te ipsum*），乃一短篇杰作，分析罪恶的观念，获得一彻底的结论：在上帝的眼里人的行为并不能使人成为较善或较恶，因为行为本身既非善亦非恶。在上帝心目中重要的是人的意念；罪恶不是做出来的什么事（根本不是nes物），实乃人心对明知是错误的事之许可。阿伯拉又写了一部《一哲学家，一犹太人，一基督徒之对话录》（*Diologus inter Phi-losophum, Judaium et Christianum*），一部《圣保罗致罗马人函之评论》（*Exposition in Epistolam ad Romanos*），缕述基督一生之意义，仅在于以身作则，诱导世人去爱。

在圣任内微夫山上，阿伯拉吸引来大批的生徒，其中很多位后来成为名人，例如英国的人文主义者骚兹伯来的约翰（John of Salisbury）。不过他也引起很多人甚深的敌意，因为他批评了其他的大师，而且他显然修改了基督教神学之传统的教义。在巴黎市内，有影响力的圣约克多寺院的院长对他的主张极不以为然，在其他地方，则有圣提爱利的威廉，本是阿伯拉仰慕者，现在争取到当时基督教区域中最有势力的人物克赖福的伯纳德的拥护。一一四〇年在桑斯召开的会议，阿伯拉受到严重的谴责，这项谴责不久为教宗英纳森二世所确认。他于是退隐于柏根底的克鲁内大寺院。在院长可敬的彼德疏通之下，他和克赖福的伯纳德言归于好，旋即从教学中退休出来。他如今老病交加，过清苦的僧人生活。他死于附近的圣玛塞尔小修道院，大概是在一一四四年。他的尸体最初是送到圣灵会，现在是和哀绿缔思并葬于巴黎之拉舍斯礼拜堂墓园中。据在他死后所撰的墓铭，阿伯拉被某些同时人物认为是自古以来最伟大的思想家与教师之一。

以上所述译自大英百科全书，虽然简略，可使我们约略了然于阿伯拉的生平。他是一个有独立思想的学者，一个诲人不倦的教师，而且是热情洋溢的人。

哀绿绮思是怎样的一个人呢？

可惜我们所知不多。她生于一一〇一年，卒于一一六四年，享年六十三岁。据说是“not lowest in beauty, but in literary culture highest”（在美貌方面不算最差，但在文艺修养方面实在极高）。这涵义是说她虽非怎样出众的美女，却是旷世的才女。事实上哀绿绮思是才貌双全的。一人初遇时，哀绿绮思年方十九，正是豆蔻年华，而阿伯拉已是三十七岁，相差十八岁。但是年龄不能限制爱情的发生。师生相恋，不是一般人所能容忍的。但是相恋出于真情，名分不足以成为障碍。男女相悦，私下里生了一个儿子，与礼法是绝对的不合，但是并不违反人性，人情所不免。八百多年前的风流案，至今为人所艳称，两人合葬的墓地，至今为人所凭吊。主要的原故就是他们的情书真挚动人。

《情书》里警句很多，试摘数则如下。

“上天惩罚我，一方面即不准我满足我的欲望，一方面又使得我的有罪的欲望燃烧得狂炽。”性欲的强弱，人各不同。阿伯拉一见哀绿绮思，便“终日冥想，方寸紊乱，感情猛烈得不容节制”。这时候阿伯拉已是三十七岁的人，学成名就，不是情窦初开的莽男子，他的感情已压抑了很久，一旦遇到适宜的对象，便一发而不可收拾。哲学不足以主宰情感。阿伯拉并不是早熟，他的一往情深是正常的。“爱情是不能隐匿的；一句话，一个神情，即使一刻的寂静，都足以表示爱情。”他们“两人私会，情意绵绵”。可以理解，值得同情。

“你敢说婚姻一定不是爱情的坟墓吗？”婚姻是爱情的坟墓，这句话不知谁造出的一句俏皮话？须知以爱情为基础的婚姻，乃是人间无可比拟的幸福。从外表看，婚后的感情易趋于淡薄，实际上婚后的爱乃是另一种爱，洗去了浪漫的色彩，加深了伴合的享受，就如同花开之后结果一般的自然。婚姻是恋爱的完成，不是坟墓。婚姻通常有很长的一段时间，死而后已。

“假如人间世上真有所谓幸福，我敢信那必是两个自由恋爱的人的结合。”人间最大幸福是“如愿以偿”。《老残游记》第二十回最后两行是一副联语——“愿天下有情人，都成了眷属；

是前生注定事，莫错过姻缘。”真是善颂善祷。两情相悦，以至成为眷属，便是幸福，而且是绝大多数的人所能得到的幸福。不一定才子佳人才是匹配良缘，世界上没有那么多的才子和佳人。也有以自由恋爱始而以仳离终的怨偶，那究竟是例外。如愿便是满足，满足即是幸福。

“尼庵啊！戒誓啊！我在你们的严厉的纪律之下还没有失掉我的人性！……我的心没有因为幽禁而变硬，我还是不能忘情。”忘情谈何容易，太上才能忘情。佛家所谓“再割尘劳之网，重离烦恼之家”正是同一道理。出家要有两层手续，剃度受戒是一层，究竟是形式，真能割断爱根，一心向上，那才是真正的出家。基督教有所谓“坚信礼”，也是给修道者一个机会，在一定期间内如不能坚持仍有退出还俗的选择。哀绿绮思最初身在修道院而心未忘情，表示她的信心未坚尚未达到较高的境界。

“从来没有爱过的人，我嫉妒他们的幸福。”这是在恋爱经验中遭受挫折打击的人之愤慨语。从来没爱过，当然就没有因爱而惹起的烦恼。我们宋朝词人晏殊所谓的“无情不似多情苦”，也正是同样的感喟。但是人根本有情，若是从未爱过，在人生经验上乃一大缺憾，未必是福。因吃东西而哽咽的人会羡慕从来不吃东西的人么？

“人生就是一个长久诱惑。”这是一位圣徒说过的话。“除了诱惑之外，我什么都能抵抗。”这是王尔德代表一切凡人所说的一句俏皮话。人生是一连串的不断的诱惑。诱惑大概是来自外界，其实也常起自内心。佛家所谓的“三毒”贪嗔痴，爱就是属于痴。爱根不除，便不能抵抗诱惑。阿伯拉要求哀绿绮思不要再爱他，要她全心全意地去爱上帝，要她截断爱根，不再回忆过去的人间的欢乐，做一个真的基督徒的忏悔的榜样——这才是超凡入圣，由人的境界升入宗教的境界。他们两个相互勉励，完成了他们的至高纯洁的志愿，然而在过程中也是十分凄惨的人间悲剧！阿伯拉对哀绿绮思最后的嘱咐是：“你已脱离尘世，哪里还有什么配使你留恋？永远张望着上帝，你的残生已经献奉了他。”这样地打发一个人的残生，是悲剧，也是解脱。

我在《译后记》说George Moore有他的译本，我说错了。他没有译本，他的作品是一部小说。《情书》之较新的英译本是一九二五年的C. K. Scott Moncrieff的，和一九四七年的J. T. Muckle的。

李明辉先生读了上文之后写了一篇《共相》刊于《中国时报·人间》副刊，指出我有“错误的论述”，谨附于后以志吾过：

顷阅人间副刊十二月七日梁实秋先生《阿伯拉与哀绿绮思的情书》一文，发现其中有一段错误的论述。梁文中说：“他（阿伯拉）有两个有名的师傅：一位是洛塞林，是一位唯名论者，以为宇宙万物仅是虚名而已；另一位威廉，是一位柏拉图派实在论者，以为宇宙万物确实存在。”梁先生说，他的叙述是译自《大英百科全书》。但这段论述却不合一般哲学史的理解。在哲学中，当我们把实在论当作唯名论的相反立场（而非当作观念论的相反立场）时，系牵涉到“共相”（universals）的实在性问题：实在论者承认共相（不是宇宙万物！）有其实在性，唯名论者则把共相视为由抽象作用产生的名目而已，其自身无实在性。这是两个语词在梁文中应有的涵意。据我查《大英百科全书》，梁先生应是把“共相”（universals）解为“宇宙万物”之意。

既然柏拉图承认共相的实在性，因此，说威廉是“一位柏拉图派实在论者”，这不算错：但这个“实在论”却不是梁先生所了解的“实在论”。梁先生的说法实足以引起误解。

剽窃

剽窃者存有一种侥幸的心理，以为古今中外的图书浩如烟海，偶然偷鸡摸狗，未必就会东窗事发。一般人怕管闲事，纵有发现也不一定会挺身检举。

顾亭林《日知录》卷二十有这样一段：

凡述古人之言，必当引其立言之人。古人又述古人之言，则两引之。不可袭以为己说也。诗曰："自古在昔，先民有作。"程正叔传易，未济三阳皆失位，而曰："斯义也，闻之成都隐者。"是则时人之言，亦不敢没其人。君子之谦也。然后可与进于学。

他的意思是说：引述古人的言论，要说明那古人是谁。如果古人又引述另一古人的言论，两个古人的姓名都要说明。不可以把古人的议论当作是自己的。《诗经·商颂·那》说，从前古时候，已经有人这样做过。程正叔（颐）作《易传》，讲到"未济三阳皆失位"，特别声明这个说法是从成都一位隐者听来的。可见纵非古人，而是时人，也不可埋没他。这是君子谦逊的态度。能做到这个地步，然后才可讲到做学问。

这一段文章标题是《述古》，但未限于古，对时人也一样的提到了。他警诫初学的人，为文不可剽窃，他人之美，不可据为己有。并且说这是为学的初步。可谓语重心长。

作硕士论文或博士论文的人，一定受过指导教授的谆谆叮嘱，选题要慎重，要小题大做，搜集资料要巨细靡遗，对于前人的有关著作要尽量研读，引用前人的言论要照录原文，加上引号，在脚注里注明出处，包括版本、年月、页数。按照这些指导原则写出来的论文，大概都有相当的分量。这样的论文，从表面上看，几乎每页都有相当多的脚注，密密麻麻地排在页底，这就说明了作者下过不少功夫，看过不少书，而且老老实实地引证别人的文字而未据为己有。这种论文，本来无需什么重大的发明创见，只要作者充分表现了他的勤恳治学的态度，也就可以及格了。这种态度，英文叫作 intellectual honesty（学术上的诚实），不止硕士博士论文需要诚实，一切学术性文字都必须具备这种美德。

有人以为这种严谨诚实的作风是西方人治学的态度，这就不大合于事实。上引顾亭林《日知录》的一段文字，即足以证明我们中国学者早已注意到这个问题。

剽窃者存有一种侥幸的心理，以为古今中外的图书浩如烟海，偶然偷鸡摸狗，未必就会东窗事发。一般人怕管闲事，纵有发现也不一定会挺身检举。举例来说，从前大陆上出版的图书，此间不易见到。但是偶然也有一些渗漏进来。剽窃者得之如获至宝，放心大胆地抄袭，大段大段地整页整页地一字不易地照抄不误。也有较为狡黠者，利用改头换面移花接木的手法，加以粉饰。但是起先不易得的图书，现在有不少大量翻印流通了，有心人在对比之下就不难发现其中的雷同之处。穿窬扒窃之事，未必都能破案，可是一旦被人逮住，就斯文扫地无可辩解。这种事不值得做。

著书立说，古人看作一件大事，名之为立言，为太上三不朽之一。后来时势不同，煮字疗饥之说不能不为大家所接受。迨至晚近，从事写作的人常自贬为“爬格子的动物”了。但是不管古今有多少变化，有一条铁则当为大家所共守：不可剽窃。

食味

辑五

一饮一啄，
莫非前定。

炸丸子

肉剁得松松细细的，炸得外焦里嫩，入口即酥，不需大嚼，既不吐核，又不摘刺，蘸花椒盐吃，一口一个，实在是无上美味。

我想人没有不爱吃炸丸子的，尤其是小孩。我小时候，根本不懂什么五臭八珍，只知道小炸丸子最为可口。肉剁得松松细细的，炸得外焦里嫩，入口即酥，不需大嚼，既不吐核，又不摘刺，蘸花椒盐吃，一口一个，实在是无上美味。可惜一盘丸子只有二十来个，桌上人多，分下来差不多每人两三个，刚把馋虫诱上喉头，就难以为继了。我们住家的胡同口有一个同和馆，近在咫尺，有时家里来客留饭，就在同和馆叫几个菜作为补充，其中必有炸丸子，亦所以餍我们几个孩子所望。有一天，我们两三个孩子偎在母亲身边闲话，我的小弟弟不知怎么的心血来潮，没头没脑地冒出这样的一句话：“妈，小炸丸子要多少钱一碟？”我们听了哄然大笑，母亲却觉得一阵心酸，立即派用人到同和馆买来一碟小炸丸子，我们两三个孩子伸手抓食，每人分到十个左右，心满意足。事隔七十多年，不能忘记那一回吃小炸丸子的滋味。

炸丸子上面加一个“小”字，不是没有缘由的。丸子大了，炸起来就不容易炸透。如果炸透，外面一层又怕炸过火，所以要小。有些馆子称之为樱桃丸子，也不过是形容其小。其实这是夸张，事实上总比樱桃大些。要炸得外焦里嫩有一个诀窍。先用温油炸到八分熟，捞起丸子，使稍冷却，在快要食用的时候投入沸油中再炸一遍，这样便可使外面焦而里面不至变老。

为了偶尔变换样子，炸丸子做好之后，还可以用葱花酱油芡粉在锅里勾一些卤，加上一些木耳，然后把炸好的丸子放进去滚一下就起锅，是为溜丸子。

如果用高汤煮丸子，而不用油煎，煮得白白嫩嫩的，加上一些黄瓜片或是小白菜心，也很可口，是为氽丸子。若是赶上毛豆刚上市，把毛豆剁碎羼在肉里，也很别致，是为毛豆丸子。

湖北馆子的蓑衣丸子也很特别，是用丸子裹上糯米，上屉蒸。蒸出来一个个地粘着挺然翘然的米粒，好像是披了一件蓑衣，故名。这道菜要做得好，并不难，糯米先泡软再蒸，就不会生硬。我不知道为什么湖北人特喜糯米，豆皮要包糯米，烧卖也要包糯米，丸子也要裹上糯米。我私人以为除了粽子汤团和八宝饭之外，糯米派不上什么用场。

北平酱肘子铺（即便宜坊）卖一种炸丸子，扁扁的，外表疙瘩噜苏，里面全是一些筋头麻脑的剔骨肉，价钱便宜，可是风味特殊，当作火锅的锅料用最为合适。我小时候上学，如果手头敷余，买个炸丸子夹在烧饼里，惬意极了，如今回想起来还回味无穷。

最后还不能不提到“乌丸子”。一半炸猪肉丸子，一半炸鸡胸肉丸子，盛在一个盘子里，半黑半白，很是别致。要有一小碗卤汁，蘸卤汁吃才有风味。为什么叫乌丸子，我不知道，大概是什么一位姓乌的大老爷所发明，故以此名之。从前有那样的风气，人以菜名，菜以人名，如潘鱼江豆腐之类皆是。

栗子

徐志摩告诉我，每值秋后必去访桂，吃一碗煮栗子，认为是一大享受。有一年他去了，桂花被雨摧残净尽，他感而写了一首诗《这年头活着不易》。

栗子以良乡的为最有名。良乡县在河北[1]，北平的西南方，平汉铁路线上，其地盛产栗子。然栗树北方到处皆有，固不必限于良乡。

我家住在北平大取灯胡同的时候，小园中亦有栗树一株，初仅丈许，不数年高二丈以上，结实累累。果苞若刺猬，若老鸡头，遍体芒刺，内含栗两三颗。熟时不摘取则自行坠落，苞破而栗出。捣碎果苞取栗，有浆液外流，可做染料。后来我在崂山上看见过巨大的栗子树，高三丈以上，果苞落下狼藉满地，无人理会。

在北平，每年秋节过后，大街上几乎每一家干果子铺门外都支起一个大铁锅，翘起短短的一截烟囱，一个小力巴挥动大铁铲，

① 今良乡属于北京。——编者注

翻炒栗子。不是干炒，是用沙炒，加上糖使沙结成大大小小的粒，所以叫作糖炒栗子。烟煤的黑烟扩散，哗啦哗啦的翻炒声，间或有栗子的爆炸声，织成一片好热闹的晚秋初冬的景致。孩子们没有不爱吃栗子的，几个铜板买一包，草纸包起，用麻茎儿捆上，热呼呼的，有时简直是烫手热，拿回家去一时舍不得吃完，藏在被窝垛里保温。

煮咸水栗子是另一种吃法。在栗子上切十字形裂口，在锅里煮，加盐。栗子是甜滋滋的，加上咸，别有风味。煮时不妨加些八角之类的香料，冷食热食均佳。

但是最妙的是以栗子做点心。北平西车站食堂是有名的西餐馆，所制“奶油栗子面儿”或称“奶油栗子粉”实在是一绝。栗子磨成粉，就好像花生粉一样，干松松的，上面浇大量奶油。所谓奶油就是打搅过的奶油（whipped cream）。用小勺取食，味妙无穷。奶油要新鲜，打搅要适度，打得不够稠自然不好吃，打过了头却又稀释了。东安市场的中兴茶楼和国强西点铺后来也仿制，工料不够水准，稍形逊色。北海仿膳之栗子面小窝头，我吃不出栗子味。

杭州西湖烟霞岭下翁家山的桂花是出名的，尤其是满家弄，不但桂花特别地香，而且桂花盛时栗子正熟，桂花煮栗子成了路边小店的无上佳品。徐志摩告诉我，每值秋后必去访桂，吃一碗煮栗子，认为是一大享受。有一年他去了，桂花被雨摧残净尽，他感而写了一首诗《这年头活着不易》。

十几年前在西雅图海滨市场闲逛，出得门来忽闻异香，遥见一意大利人推小车卖炒栗。论个卖——五角钱一个，我们一家六口就买了六颗，坐在车里分而尝之。如今我们这里到冬天也有小贩卖“良乡栗子”了。韩国进口的栗子大而无当，并且糊皮，不足取。

咖喱鸡

高级西餐厅的咖喱鸡，除了几块鸡和一小撮白饭之外，照例还有一大盘各色配料，如肉松、鱼松、干酪屑、炸面包丁、葡萄干之类，任由取用，也有另加一勺马铃薯裹泥做陪衬的。

我小时候不知咖哩粉是什么东西做的，以为像是咖啡豆似的磨成的，吃过无数次咖哩鸡之后才晓得咖哩粉乃是几种香料调味品混制而成。此物最初盛行于印度南部及锡兰一带。咖哩是 curry 的译音，字源是印度南部坦米尔语的 kari，意为调味酱。咖哩粉的成分不一，有多至十种八种者，主要的是小茴香（cumin）、胡荽（coriander）和郁金根（turmeric），黄色是来自郁金根。各种配料的成分比例不一致，故各种品牌的咖哩粉之味色亦不一样，有的很辣，有的很黄，有的很香。

凡是用咖哩粉调制的食品皆得称之为咖哩。最为大家所习知的是咖哩鸡（chicken curry），我在一九一二年左右初尝此味，印象极深。东安市场的中兴茶楼，老板傅心齐很善经营，除了卖茶点之外兼做简单西餐。他对先君不断地游说："请尝尝我们的牛爬（即牛排），不在六国饭店的之下，请尝尝我们的咖哩鸡，物美价廉。"牛肉不愿尝试，先叫了一份咖哩鸡，果然滋味不错。

他们还应外叫，一元钱四只笋鸡，连汁汤满满一锅送到府上。我们时常打个电话，叫两元的咖哩鸡，不到一小时就送到，家里只消预备白饭，便可享有丰盛的一餐，家人每个可以分到一只小鸡，最称心的是咖哩汤泡饭，每人可以罄两碗。

其实这样的咖哩鸡可说是很原始的，只是白水煮鸡，汤里加些茨粉使稠，再加咖哩粉，使成为黄澄澄辣兮兮的而已。因为咖哩的香味是从前没尝过的，遂觉非常可喜。考究一点的做法是鸡要先下油锅略炸，然后再煮，汤里要有马铃薯薯的碎块，煮得半烂成泥，鸡汤自然稠和，不需勾茨。有人试过不用马铃薯，而用大干蚕豆，效果一样的好。

高级西餐厅的咖哩鸡，除了几块鸡和一小撮白饭之外，照例还有一大盘各色配料，如肉松、鱼松、干酪屑、炸面包丁、葡萄干之类，任由取用，也有另加一勺马铃薯裹泥做陪衬的。我并不喜欢这些夹七夹八的东西，杂料太多，徒乱人意。我要的只是几块精嫩的鸡肉，充足的咖哩汁，适量的白饭。

印度人吃咖哩鸡饭，和吃别的东西一样，是用手抓的。初闻为之骇然。继而一想，我们古时也不免用手抓饭。《礼·曲礼》："共饭不泽手。"注："泽，谓挼莎也。"疏："古之礼，饭不用箸，但用手，既与人共饭，手宜洁净，不得临食始挼莎手乃食，恐为人秽也。"意思是说，饭前要把手洗干净，不可临时搓搓手就去抓饭。古已有箸而不用，要用手抓，不晓得其故安在。直到晚近，新疆的一些少数民族不是还吃抓饭抓肉吗？我还是不明白，咖哩鸡饭如何能用手抓。

烙饼

北方人贫苦，如果有两张家常饼，配上一盘摊鸡蛋（鸡蛋要摊成直径和饼一样大的两片），把蛋放在饼上，卷起来，竖立之，双手扶着，张开大嘴，左一口，右一口，中间再一口，那简直是无与伦比的一顿丰盛大餐。

饼而曰烙，可知不是煎、不是炸、不是烤，更不是蒸。烙饼的锅曰铛，在这里音撑，差亨切，阴平声。铛是平底锅，通常无足无耳无柄，大小不一定。铛是铁打的，相当的厚重，不容易烧热，可是烧热了也不容易凉，最适宜于烙饼。洋式的带柄的平底锅，也可以用来烙饼，而且小巧灵便，但是铝合金制的锅究竟传热太快冷却也太快，控制温度麻烦，不及我们的铛。

烙饼需要和面。和面不简单，没有触摸过白案子，初次和面，大概会弄得一塌糊涂，无有是处，烙饼需用热水和面，不是滚开的沸水，沸水和面就变成烫面了。用热水和面是取其和出来软。和好了面不能立刻烙，要容它“醒”一段时间，这段时间可长可短，看情形而定。

如果做家常饼，手续最简单。家常饼是薄薄的，里面的层次也不须太多，表面上更不须刷油，烙出来白磁糊裂的，只要相当软和就成。在北平懒婆娘自己不动手，可以到胡同口外蒸锅铺油盐店之类的地方去定制，论斤卖，一斤面大概可以烙不大不小的四张。北方人贫苦，如果有两张家常饼，配上一盘摊鸡蛋（鸡蛋要摊成直径和饼一样大的两片），把蛋放在饼上，卷起来，竖立之，双手扶着，张开大嘴，左一口，右一口，中间再一口，那简直是无与伦比的一顿丰盛大餐。

孩子想吃甜食，最方便莫如到蒸锅铺去烙几张糖饼，黑糖和芝麻酱要另外算钱，事前要讲明几个铜板的黑糖，几个铜板的芝麻酱。烙饼要夹杂着黑糖和芝麻酱，趁热吃，那份香无法形容。我长大以后，自己在家中烙糖饼，乃加倍地放糖，加倍地放芝麻酱，来弥补幼时之未能十分满足的欲望。

葱油饼到处都有，但是真够标准的还是要求之于家庭主妇。北方善烹饪的家庭主妇，做法细腻，和一般餐馆之粗制滥造不同。一般餐馆所制，多患油腻。在山东，许多处的葱油饼是油炸的，焦黄的样子很好看，吃上一块两块就消受不了。在此处颇有在饼里羼味精的，简直不可思议。标准的葱油饼要层多，葱多，而油不太多。可以用脂油丁，但是要少放。要层多，则擀面要薄，多卷两次再加葱。葱花要细，要九分白一分绿。撒盐要匀。锅里油要少，锅要热而火要小。烙好之后，两手拿饼直立起来在案板上戳打几下，这个小动作很重要，可以把饼的层次戳松。葱油饼太好吃，不需要菜。

清油饼实际上不是饼，是细面条盘起来成为一堆，轻轻压按使成饼形，然后下锅连煎带烙，成为焦黄的一坨。外面的脆硬，里面的还是软的，山东馆子最善此道。我认为最理想的吃法，是每人一个清油饼，然后一碗烩虾仁或烩两鸡丝，分浇在饼上。

黄鱼

我家的习惯，是焖煮黄鱼一大锅，加入一些肉片，无数的整颗的大蒜瓣，加酱油，这时节正是我们后院一棵花椒树发芽抽叶的当儿，于是大量采摘花椒芽，投入锅里一起煮。不分老幼，每人分得两尾，各个吃得笑逐颜开。同时必定备有烙饼，撕碎了蘸着鱼汤吃，美不可言。

黄鱼，或黄花鱼，正式名称是石首鱼，因为头里有两块骨头其硬如石。我国近海皆有产，金门澎湖一带的尤其肥大，几乎四季不绝。《本草·集解·志》曰："石首鱼出水能鸣，夜视有光，头中有石，如棋子。一种野鸭头中有石，云是此鱼所化。"这是胡扯，黄鱼怎会变野鸭？

黄鱼有一定的汛季，在平津一带，春夏之交是黄鱼上市的时候。到这时候，几乎家家都大吃黄鱼。我家的习惯，是焖煮黄鱼一大锅，加入一些肉片，无数的整颗的大蒜瓣，加酱油，这时节正是我们后院一棵花椒树发芽抽叶的当儿，于是大量采摘花椒芽，投入锅里一起煮。不分老幼，每人分得两尾，各个吃得笑逐颜开。同时必定备有烙饼，撕碎了蘸着鱼汤吃，美不可言。在台湾随时有黄鱼吃，但是那鲜花椒芽哪里去找？黄鱼汤里煮过的蒜瓣花椒芽都特别好吃。

北平胡同里卖猪头肉的小贩，口里吆唤着：“面筋哟！”他斜背着的红漆小盒里却是猪肠肝肚猪头肉，而你喊他的时候必须是：“卖熏鱼儿的！”因为有时候他确是有熏黄鱼卖。五六寸长的小黄鱼，插在竹签子上，熏得黄黄的，香味扑鼻。因为黄鱼季节短，一年中难得吃到几次这样的熏黄鱼。

黄鱼晒干了就是白鲞，黄鱼的鳔晒干就是所谓“鱼肚”。鱼肚在温油锅里慢慢发开，在凉水里浸，松泡如海绵状，“蟹黄烧鱼肚”是一道名肴。可惜餐馆时常以假乱真，用炸猪肉皮冒充鱼肚，行家很容易分辨。

馆子里做黄鱼，最令我难忘的是北平前门外杨梅竹斜街春华楼所做的松鼠黄鱼。春华楼是比较晚起的江浙馆，我在二十年代期间常去小酌，那地方有一特色，每间雅座都布满张大千的画作，饭前饭后可以赏画。松鼠黄鱼是取尺许黄鱼一尾或两尾，去头去尾复抽出其脊骨。黄鱼本来刺不多，抽掉脊骨便完全是肉了。把鱼扭成麻花形，裹上鸡蛋面糊，下油锅炸，取出浇汁，弯曲之状真有几分像是松鼠。以后在别处吃到的松鼠黄鱼，多半不像松鼠，而且浇上糖醋汁，大为离谱。

此地前些年奎元馆以杭州的黄鱼面为号召，品尝之余大失所望，碗中不见黄鱼。

腊肉

腊肉刷洗干净之后，整块地蒸。蒸过再切薄片，再炒一次最好，加青蒜炒，青蒜绿叶可以用但不宜太多，宜以白的蒜茎为主，加几条红辣椒也很好，在不得青蒜的时候始可以大葱代替。

腊肉就是经过制炼的腌肉，到了腊尾春头的时候拿出来吃，所以叫作腊肉。普通的暴腌咸肉，或所谓“家乡肉”，不能算是腊肉。

湖南的腊肉是最出名，可是到了湖南却不能求之于店肆，真正上好的湖南腊肉要到人家里才能尝到。因为腊肉本是我们农村社会中家庭产品，可以长久存储，既以自奉，兼可待客，所以谓“岁时伏腊”成了很普通的习俗。

真正上好腊肉我只吃过一次。抗战初期，道出长沙，乘便去湘潭访问一位朋友。乘小轮溯江而上，虽然已是初夏，仍感觉到“春水绿波春草绿色”的景致宜人。朋友家在湘潭城内柳丝巷二号，一进门看见院里有一棵高大的梧桐。里面是个天井，四面楼房。是晚下榻友家，主人以盛馔招待，其中一味就是腊肉腊鱼。我特地到厨房参观，大吃一惊，厨房比客厅宽敞，而且井井有条一尘不染，房梁上挂着好多鸡鸭鱼肉，下面地上堆了树枝干叶之类，犹在冉冉冒烟。原来腊味之制作最重要的一个步骤就是烟熏，微温的烟熏火燎，日久便把肉类熏得焦黑，但是烟熏的特殊味道都熏进去了。烟从烟囱散去，厨内空气清洁。

腊肉刷洗干净之后，整块地蒸。蒸过再切薄片，再炒一次最好，加青蒜炒，青蒜绿叶可以用但不宜太多，宜以白的蒜茎为主，加几条红辣椒也很好，在不得青蒜的时候始可以大葱代替。那一晚在湘潭朋友家中吃腊肉，宾主尽欢，喝干了一瓶“温州酒汗”，那是比汾酒稍淡近似贵州茅台的白酒，此后在各处的餐馆吃炒腊肉，都不能和这一次的相比。而腊鱼之美乃在腊肉之上，一饮一啄，莫非前定。

锅巴

锅巴，一称锅底饭。北人煮米半熟辄捞出置笼屉中蒸而食之，无所谓锅巴。南人率皆用锅煮米至熟为止，因此锅底有一层焦饭。

抗战时期后方餐馆有一道菜名为“轰炸东京”，实在就是虾仁锅巴汤。侍者一手端着一大碗油炸锅巴，一手端着一小碗烩虾仁，锅巴放在桌上之后立即把烩虾仁浇上去，刺啦一声响，食客大悦，认为这一声响仿佛就是东京被轰炸了，心里一高兴，食欲顿开。有人说这个菜名取得无聊，取快一时，形同儿戏。也有人说，抗战时期一切都该与抗战有关，与抗战无关的东西也要加上与抗战有关的名义。这虾仁锅巴汤，命名为轰炸东京，可以提高士气，有什么不好？难道你不想轰炸东京吗？听说后来我们以德报怨结束抗战之后，还有人一度改轰炸东京为轰炸莫斯科呢，这且不谈。锅巴一定要炸得滚烫，烩虾仁要同时做好，趁热上桌。厨房和食桌不能距离太远，侍者不能迈方步，要争取时间，否则烩虾仁浇上去闷无声响，那就很泄气了，事实上泄气的场面较为常见。

锅巴，一称锅底饭。北人煮米半熟辄捞出置笼屉中蒸而食之，无所谓锅巴。南人率皆用锅煮米至熟为止，因此锅底有一层焦饭。

焦饭特别香，《南史·潘综传》：“宋初，吴郡人陈遗，少为郡吏，母好食锅底饭，遗在役，恒带一囊，每煮食，辄录其焦以奉母。”以焦饭奉母，人称为纯孝。锅巴本身确是别有滋味，不必油炸。现在店肆出售的锅巴乃大量制造，雪白的，炸得酥脆，包装起来当作一种零食点心，非复往昔之铛底饭了。

锅巴汤不一定要浇以烩虾仁，以我所知，口蘑锅巴汤味乃更胜一筹。所谓口蘑是指张家口一带出产的蘑菇，形状与味道和香蕈冬菇不同。有人说，蒙古族人吃牛羊肉，剩下的汤汤水水泼在树根朽木之上，长出来的菌类便是口蘑，味道当然不同。但是也有人说，口蘑是牛马粪溺滋养出来的。果如后说，口蘑岂非类似北平俗语所谓的“狗尿台”？我相信口蘑还是人工培植出来的，上什么肥料就不得而知了。口蘑有大有小，愈小味愈浓，顶小的一种号称口蘑丁，大小略如纽扣，细小齐整，上面还带着一层白霜，美观极了。抗战前夕，平绥路局长以专车邀我们几个学界的朋友（有顾毓琇、吴景超夫妇、庄前鼎、杨伯屏及下走）游大同云冈，归途经张家口小停，我以三十余元买了半斤上好的道地的口蘑丁，那时候三十余元就是小学教师一月的薪给。蘑菇丁很容易发开，用以制口蘑锅巴汤或打卤做汤面都是无上妙品。

时下常吃到的虾仁锅巴汤，往往锅巴不够脆，虾仁复加大量番茄酱，稠糊糊的一大碗，根本不像是汤，样子恶劣。此地无口蘑，从外国来的朋友偶尔带一包口蘑相赠，相当珍贵，但还不是口蘑丁，而且附带着的细沙，洗十次八次也洗不干净，吃到嘴里牙碜，味道也不够浓厚。

鱼丸

每逢我父亲一时高兴从菜市买来一条欢蹦乱跳的活鱼，必定亲手交给母亲，说：“特烦处理一下。”就好像是绅商特烦名角上演似的。

初到台湾，见推车小贩卖鱼丸，现煮现卖，热腾腾的。一碗两颗，相当大。一口咬下去，不大对劲，相当结实。丸与汤的颜色是混浊的，微呈灰色，但是滋味不错。

我母亲是杭州人，善做南方口味的菜，但不肯轻易下厨，若是偶然操动刀俎，也是在里面小跨院露天升起小火炉自设锅灶。每逢我父亲一时高兴从菜市买来一条欢蹦乱跳的活鱼，必定亲手交给母亲，说：“特烦处理一下。”就好像是绅商特烦名角上演似的。母亲一看是条一尺开外的大活鱼，眉头一皱，只好勉为其难，因为杀鱼不是一件愉快的事。母亲说，这鱼太活了，宜做鱼丸。但是不忍心下手宰它。我二姊说：“我来杀。”从屋里拿出一根门闩。鱼在石几上躺着，一杠子打下去未中要害，鱼是滑的，打了一个挺，跃起一丈多高，落在房檐上了。于是大家笑成一团，搬梯子，上房，捉到鱼便从房上直摔下来，摔了个半死，这才从容开膛清洗。幼时这一幕闹剧印象太深，一提起鱼丸就回忆起来。

做鱼丸的鱼必须是活鱼，选肉厚而刺少的鱼。像花鲢就很好，我母亲叫它做厚鱼，又叫它做纹鱼，不知这是不是方言。剖鱼为两片，先取一片钉其头部于木墩之上，用刀徐徐斜着刃刮其肉，肉乃成泥状，不时地从刀刃上抹下来置碗中。两片都刮完，差不多有一碗鱼肉泥。加少许盐，少许水，挤姜汁于其中，用几根竹筷打，打得越久越好，打成糊状。不需要加蛋白，鱼不活才加蛋白。下一步骤是煮一锅开水，移锅止沸，急速用羹匙舀鱼泥，用手一抹，入水成丸，丸不会成圆球形，因为无法搓得圆，连成数丸，移锅使沸，俟鱼丸变色即是八九分熟，捞出置碗内，再继续制作。手法要快，沸水要控制得宜，否则鱼泥有入水涣散不可收拾之虞。煮鱼丸的汤本身即很鲜美，不需高汤。将做好的鱼丸倾入汤内煮沸，洒上一些葱花或嫩豆苗，即可盛在大碗内上桌。当然鱼丸也可红烧，究不如清汤本色，这样做出的鱼丸嫩得像豆腐。

湖北是渔产丰饶的地方，抗战时我在汉口停留过一阵，听说有个鮰鱼大王，能做鮰鱼全席，我不曾见识。不过他家的鮰鱼面吃过一碗，确属不凡。十几年前，友人高鸿缙先生，他是湖北人，以其夫人新制鱼丸见贻，连鱼丸带汤带锅，滚烫滚烫的，喷香喷香的，我连吃了三天，齿颊留芬。如今高先生早已作古，空余旧事萦绕心头！

豆腐

蚝油豆腐用头号大盘，上面平铺着嫩豆腐，一片片的像瓦垄然，整齐端正，黄橙橙的稀溜溜的蚝油汁洒在上面，亮晶晶的。

豆腐是我们中国食品中的瑰宝。豆腐之法，是否始于汉淮南王刘安，没有关系，反正我们已经吃了这么多年，至今仍然在吃。在海外留学的人，到唐人街杂碎馆打牙祭少不了要吃一盘烧豆腐，方才有家乡风味。有人在海外由于制豆腐而发了财，也有人研究豆腐而得到学位。

关于豆腐的事情，可以编写一部大书，现在只是谈谈几项我个人所喜欢的吃法。

凉拌豆腐，最简单不过。买块嫩豆腐，冲洗干净，加上一些葱花，撒些盐，加麻油，就很好吃。若是用红酱豆腐的汁浇上去，更好吃。至不济浇上一些酱油膏和麻油，也不错。我最喜欢的是香椿拌豆腐，香椿就是庄子所说的“以八千岁为春，以八千岁为秋”的椿。取其吉利，我家后院植有一棵不大不小的椿树，春发嫩芽，绿中微带红色，摘下来用沸水一烫，切成碎末，拌豆腐，有奇香。可是别误摘臭椿，臭椿就是樗，本草李时珍曰：“其叶臭恶，歉年人或采食。”近来台湾也有香椿芽偶然在市上出现，虽非臭椿，但是嫌其太粗壮，香气不足。在北平，和香椿拌豆腐可以相提并论的是黄瓜拌豆腐，这黄瓜若是冬天温室里长出来的，在没有黄瓜的季节吃黄瓜拌豆腐，其乐也如何？比松花拌豆腐好吃得多。

“鸡刨豆腐”是普通家常菜，可是很有风味。一块老豆腐用铲子在炒锅热油里戳碎，戳得乱七八糟，略炒一下，倒下一个打碎了的鸡蛋，再炒，加大量葱花。养过鸡的人应该知道，一块豆腐被鸡刨了是什么样子。

锅塌豆腐又是一种味道。切豆腐成许多长方块，厚薄随意，裹以鸡蛋汁，再裹上一层芡粉，入油锅炸，炸到两面焦，取出。再下锅，浇上预先备好的调味汁，如酱油料酒等，如有虾子羼入更好。略烹片刻，即可供食。虽然仍是豆腐，然已别有滋味。台北天厨陈万策老板，自己吃长斋，然喜烹调，推出的锅塌豆腐就是北平作风。

沿街担贩有卖“老豆腐”者。担子一边是锅灶，煮着一锅豆腐，久煮成蜂窝状，另一边是碗匙佐料如酱油、醋、韭菜末、芝麻酱、辣椒油之类。这样的老豆腐，自己在家里也可以做。天厨的老豆腐，加上了鲍鱼火腿等，身份就不一样了。

担贩亦有吆喝“卤煮啊，炸豆腐！”者，他卖的是炸豆腐，三角形的，间或还有加上炸豆腐丸子的，煮得烂，加上些佐料如花椒之类，也别有风味。

一九二九年至一九三零年之际，李璜先生宴客于上海四马路美丽川（应该是美丽川菜馆，大家都称之为美丽川），我记得在座的有徐悲鸿、蒋碧微等人，还有我不能忘的席中的一道“蚝油豆腐”。事隔五十余年，不知李幼老还记得否。蚝油豆腐用头号大盘，上面平铺着嫩豆腐，一片片的像瓦垄然，整齐端正，黄橙橙的稀溜溜的蚝油汁洒在上面，亮晶晶的。那时候四川菜在上海初露头角，我首次品尝，诧为异味，此后数十年间吃过无数次川菜，不曾再遇此一杰作。我揣想那一盘豆腐是摆好之后去蒸的，然后浇汁。

厚德福有一道名菜，尝过的人不多，因为非有特殊关系或情形他们不肯做，做起来太麻烦，这就是“罗汉豆腐”。豆腐捣成泥，加芡粉以增其黏性，然后捏豆腐泥成小饼状，实以肉馅，和捏汤团一般，下锅过油，再下锅红烧，辅以佐料。罗汉是断尽三界一切见思惑的圣者，焉肯吃外表豆腐而内含肉馅的丸子，称之为罗汉豆腐是有揶揄之意，而且也没有特殊的美味，和“佛跳墙”同是噱头而已。

冻豆腐是广受欢迎的，可下火锅，可做冻豆腐粉丝熬白菜（或酸菜）。有人说，玉泉山的冻豆腐最好吃，泉水好，其实也未必。凡是冻豆腐，味道都差不多。我常看到北方的劳苦人民，辛劳一天，然后拿着一大块锅盔，捧着一黑皮大碗的冻豆腐粉丝熬白菜，稀里呼噜地吃，我知道他自食其力，他很快乐。

韭菜篓

将近歇晌的时候，有人担了两大笼屉的韭菜馅发面饺子来，揭开笼屉盖热气腾腾，每人伸手拿起一只就咬，一阵风吹来一股韭菜味，香极了。

韭菜是蔬菜中最贱者之一，一年四季到处有之，有一股强烈浓浊的味道，所以恶之者谓之臭，喜之者谓之香。道家列入五荤一类，与葱蒜同科。但是事实上喜欢吃韭菜的人多，而且雅俗共赏。

有一年我在青岛寓所后山坡闲步，看见一伙石匠在凿石头打地基。将近歇晌的时候，有人担了两大笼屉的韭菜馅发面饺子来，揭开笼屉盖热气腾腾，每人伸手拿起一只就咬，一阵风吹来一股韭菜味，香极了。我不由得停步，看他们狼吞虎咽，大约每个人吃两只就够了，因为每只长约半尺。随后又担来两桶开水，大家就用瓢舀着吃，像是《水浒传》中人一般的豪爽。我从未见过像这一群山东大汉之吃得那样淋漓尽致。

我们这里街头巷尾也常有人制卖韭菜盒子，大概都是山东老乡。所谓韭菜盒子是油煎的，其实标准的韭菜盒子是干烙的，不是油煎的。不过油煎得黄澄澄的也很好，可是通常馅子不大考究，粗老的韭菜叶子没有细切，而且羼进粉丝或是豆腐渣什么的，味精少不了。中山北路有一家北方馆（天兴楼？）卖过一阵子比较像样的韭菜盒子，干烙无油，可是不久就关张了。天厨点心部的韭菜盒子是出名的，小小圆圆，而不是一般半月形，做法精细，材料考究，也是油煎的。

以上所说都是以韭菜馅为标榜的点心，现在要说东兴楼的韭菜篓。事实上是韭菜包子，而名曰篓，当然有其特点。面发得好，洁白无疵，没有斑点油皮。而且捏法特佳，细褶匀称，捏合处没有面疙瘩。最特别的是蒸出来盛在盘里一个个地高壮耸立，不像一般软趴趴的扁包子，底直径一寸许，高几达二寸，像是竹篓似的骨立挺拔，看上去就很美观。我疑心是利用筒做的模型。馅子也讲究，粗大的韭菜叶一概舍去，专选细嫩部分细切，然后拌上切碎了的生板油丁。蒸好之后，脂油半融半呈晶莹的碎渣，使得韭菜变得软润合度。像这样的韭菜篓端上一盘，你纵然已有饱意，也不能不取食一两个。

普通人家都会做韭菜篓，只是韭菜馅包子而已，真正够标准的韭菜篓，要让东兴楼独步。

莲子

莲子先用水浸，然后煮熟，放在碗里再用大火蒸，蒸到酥软趴烂近似番薯泥的程度，翻扣在一个大盘里，浇上滚热的蜜汁，表面上加几块山楂糕更好。

有莲花的地方就有莲子。莲子就是莲实，又称莲的或莲药。《古乐府·子夜夏歌》：“乘月采芙蓉，夜夜得莲子。”

我小时候，每到夏季必侍先君游什刹海。荷塘十里，游人如织。傍晚辄饭于会贤堂。入座后必先进大冰碗，冰块上敷以鲜藕、菱角、桃仁、杏仁、莲子之属。饭后还要擎着几枝荷花莲蓬回家。剥莲蓬甚为好玩，剥出的莲实有好几层皮，去硬皮还有软皮，最后还要剔出莲心，然后才能入口，有一股清香沁人脾胃。胡同里也有小贩吆喝着卖莲蓬的，但是那个季节很短。

到台湾好多年，偶然看到荷花池里的莲蓬，却绝少机会吃到新鲜莲子。糖莲子倒是有得吃，中医教我每日含食十枚，有生津健胃之效，后因糖尿病发，糖莲子也只好停食了。

一般酒席上偶然有莲子羹，稀汤洸水一大碗，碗底可以捞上几颗莲子，有时候还夹杂着一些白木耳，三两颗红樱桃。从前吃莲子羹，用专用的小巧的莲子碗，小银羹匙。我祖母常以小碗莲子为早点，有专人伺候，用沙薄铫儿煮，不能用金属锅。煮出来的莲子硬是漂亮，小锅饭和大锅饭不同。

考究一点的酒席常用一道“蜜汁莲子”来代替八宝饭什么的甜食。如果做得好，是很受欢迎的。莲子先用水浸，然后煮熟，放在碗里再用大火蒸，蒸到酥软趴烂近似番薯泥的程度，翻扣在一个大盘里，浇上滚热的蜜汁，表面上加几块山楂糕更好。冰糖汁也行，不及蜜汁香。

莲子品质不同，相差很多。有些莲子格格生生，怎样煮也不烂，是为下品。有些莲子一煮就烂，但是颜色不对，据说是经过处理的，下过苏打什么的，内行人一吃就能分辨出来。大家公认湖南的莲子最好，号称湘莲。我有一年在重庆的“味腴”宴客，在座的有杨绵仲先生，他是湘潭人，风流潇洒，也很会吃。席中有一道蜜汁莲子，很够标准。莲子短粗，白白净净，而且酥软异常。绵仲吃了一匙就说：“这一定是湘莲。”有人说：“那倒也未必。”绵仲不悦，唤了堂倌过来，问：“这莲子是哪里来的？”那傻不愣登的堂倌说：“是莲蓬里剥出来的。”众大笑。绵仲红头涨脸地又问：“你是哪里来的？”他说：“我是本地人。”众又哄堂。

薄饼

这些切成丝的肉，每样下面垫着小方块的肉，凸起来显着饱满的样子，中间圆墩则是一盘杂和菜，这一个苏盘很是壮观。

古人有“春盘”之说。《通俗编·四时宝鉴》：“立春日，唐人作春饼生菜，号春盘。”春盘即后来所谓春饼。春天吃饼，好像各地至今仍有此种习俗。我所谈的薄饼，专指北平的吃法，且不限于岁首。

薄饼需热水和面，开水更好，烙出来才能软。两张饼而一盒。两块面团上下叠起，中间抹上麻油，然后擀成薄饼，放在热锅上烙，火要微，不需加油。俟饼变色，中间凸起，翻过来再烙片刻即熟。取出撕开，但留部分相连，放在一边用布盖上，再继续烙十盒二十盒。

薄饼是要卷菜吃的，菜分熟菜炒菜两部分。

所谓熟菜就是从便宜坊叫来的苏盘，有大小两种，六十年前小者一元，大者约二元。漆花的圆盒子，盒子里有一个大盘子，盘子上一圈扇形的十个八个木头墩儿，中间一个小圆墩儿。每一扇形木墩儿摆一种切成细丝的熟菜，通常有下列几种：

酱肘子

熏肘子（白肉熏得微黄）

大肚儿（猪的胃）

小肚儿（膀胱灌肉末芡粉松子）

香肠（羼有豆蔻素沙，香）

烧鸭

熏鸡

清酱肉

炉肉（五花三层的烤肉，皮酥脆）

这些切成丝的肉，每样下面垫着小方块的肉，凸起来显着饱满的样子，中间圆墩则是一盘杂和菜，这一个苏盘很是壮观。

家里自备炒菜必不可少的是：摊鸡蛋，切成长条；炒菠菜；炒韭黄肉丝；炒豆芽菜；炒粉丝。若是韭黄肉丝、粉丝、豆芽菜炒在一起便是“和菜”，上面盖上一张摊鸡蛋，便是所谓“和菜戴帽儿”了。

此外一盘葱一盘甜面酱，羊角葱最好，细嫩。

吃的方法太简单了，把饼平放在大盘子上，单张或双张均可，抹酱少许，葱数根，从苏盘中每样捡取一小箸，再加炒菜，最后放粉丝。卷起来就可以吃了，有人贪，每样菜都狠狠捡，结果饼小菜多，卷不起来，即使卷起来也竖立不起来。于是出馊招，卷饼的时候中间放一根筷子，竖起之后再把筷子抽出。那副吃相，下作！

饼吃过后，一碗“罐儿汤”似乎是必需的。“罐儿汤”和酸辣汤近似，但是不酸不辣，扑一个鸡蛋在内就成了，加些金针木耳更好。

吃一回薄饼，餐桌上布满盘碗，其实所费无多。我犹嫌其麻烦，乃常削减菜数，仅备一盘熟肉切丝，一盘摊鸡蛋，一盘豆芽菜炒丝，一盘粉丝，名之曰“简易薄”，儿辈辄欢呼不已，一个孩子保持一次吃七卷双张的纪录！

海参

另外预备一小碗三和油（即酱油醋麻油），一小碗稀释了的芝麻酱，一小碟蒜泥，上桌时把这配料浇在海参上拌匀，既凉且香，非常爽口，比里脊丝拉皮好吃多了。

海参不是什么珍贵的东西。但是干货，在烹调之前先要发开。发海参的手续不简单，需要很久时间（现在市场有现成发好的海参，从前是没有的）。所以从前家常菜里没有海参，只有餐馆里或整桌席里才得见。

我一向以为外国人不吃海参，他们看见我们吃海参，一定以为我们不是嘴馋便是野蛮，连“海胡瓜”都不肯饶。其实是我孤陋寡闻，外国人也吃海参，不过他们的吃法不同。他们吃我们要刮去丢掉的海参里面那一层皮，而我们吃他们所要丢掉的海参外面带刺的厚厚一层胶质。活的海参，我在外国的水族馆里看见过，各种颜色具备，黑的、白的、棕色的、斑驳的，咕咕囔囔的，不好看。鲜的海参，没吃过。

因为海参并不太珍贵，所以在饭庄子里所谓“海参席”乃是次等的席，次于所谓“鱼翅席”“燕翅席”。在海参席里，海参是主菜，通常是一大盘“趴烂海参”，名为趴烂，其实还是卜楞卜楞的居多。如果用象牙筷子去夹，还不大容易平平安安地夹到嘴边。

餐馆里的一道名菜“红烧大乌”。大乌就是黑色的体积特大的海参，又名乌参。上好的海参要有刺，又叫刺参，红烧大乌以淮扬馆子做得最好。五十年前北平西长安街一连有十几家大大小小的淮扬馆子，取名都叫什么什么“春”。我记不得是哪一家春了，所做红烧大乌特别好。每一样菜都用大小不同的瓷盖碗，这样既可保温又显得美观。红烧大乌上桌，茶房揭开碗盖，赫然两条大乌并排横卧，把盖碗挤得满满的。吃这道菜不能用筷子，要使羹匙，像吃八宝饭似的一匙匙地挑取。碗里没有配料，顶多有三五条冬笋。但是汁浆很浓，里面还羼有虾子。这道菜的妙处，不在味道，而是在对我们触觉的满足，我们品尝美味有时兼顾到触觉。红烧大乌吃在嘴里，有滑软细腻的感觉，不是一味的烂，而是烂中保有一点酥脆的味道。这道菜如果火候不到，则海参的韧性未除，隐隐然和齿牙作对，便非上乘了。我离开北平之后还没尝过标准的海参。

凉拌海参又是一种吃法。夏天谁都想吃一点凉的东西，酒席上四个冷荤，其实不冷，不如把四个冷荤免除，换上一大盘凉拌海参。海参煮过冷却，切成长长的细丝，越细越好，放进冰箱待用。另外预备一小碗三和油（即酱油醋麻油），一小碗稀释了的芝麻酱，一小碟蒜泥，上桌时把这配料浇在海参上拌匀，既凉且香，非常爽口，比里脊丝拉皮好吃多了。这是我先君传授给我的吃法，屡试皆受欢迎。

味精

国内有些人家从来不备味精，但是女佣会偷偷地自掏腰包买一小包味精，藏在厨房的一个角落，乘主人不防，在菜锅里撒上一小勺。她的理由是：“不加味精不好吃嘛！”

味精是外国发明的，最初市上流行的是日本的“味の素”，后来才有自制各种牌子的味精上市取代了日货。

“清水变鸡汤”，起初大家认为几乎是不可思议之事。有一位茹素的老太太，无论如何不肯吃加了味精的东西，她说有人告诉她那是蛇肉蛇骨做的，否则焉有那样好的味道？她越想越有理，遂坚信不疑。又有一位老先生，也以为味精是邪魔外道，只有鸡鸭煮出来的高汤才是调味的妙品。他吃面馆的馄饨，赞不绝口，认为那汤是纯粹的高汤，既清且醇。直到有一天亲眼看见厨师放进一小勺味精，他才长叹一声，有一向受骗之感。

其实味精并不是要不得的东西。从前我有一位扬州厨师，他炒的菜硬是比别人的好吃。我到厨房旁观他炒白菜。他切大白菜，刀法好，叶归叶，茎归茎，都切成长条形，茎厚者则斜刀片薄。茎先下锅炒，半熟才下叶，加盐加几块木耳，加味精，掂起锅来翻两下，立刻取出，色香味俱全。

大凡蔬菜，无论是清炒或煮汤，皆不妨略加味精少许，但分量绝对要少。味精和食盐都是钠的化合物，吃太多盐则口渴，吃太多味精也同样的口渴。我们常到餐馆吃饭，回到家来一定要大量喝茶，就是因为餐馆的菜几乎无一不大量加味精，甚至有些餐馆做葱油饼或是腌黄瓜也羼味精！有些小餐馆，在临街的柜橱里陈列几十个头号味精大罐（多半是空的）以为号召，其实是令人望而生畏。

现在有些人懂得要少吃盐的道理，对味精也有戒心，但是一般人还不甚了了。餐馆迎合顾客口味，以味精为讨好的捷径。常见有些食客，谆谆嘱咐侍者："菜不要加味精！"他们没有了解餐馆的结构。普通餐馆人员分为柜上、灶上、堂口，三部分。各自为政，很少沟通。关照侍者的话，未必能及时传到灶上，灶上掌勺的大师傅也未必肯理。味精照加，嘱咐的话等于白说。

国人嗜味精成了风气，许多大大小小的厨师到美国开餐馆，把滥用味精的恶习也带到了美国。中国餐馆在美国，本来是以"杂碎"出名，虽然不登大雅之堂，却也相安无事。近年来餐馆林立，味精泛滥，遂引起"中国餐馆症候群"的风波，有些地方人士一度排斥中国餐馆，指控吃了中国菜就头晕口渴恶心。美国佬没吃过这样多的味精，一时无法容纳，所以有此现象，稍后习惯了一些，也就不再嚷嚷了。

国内有些人家从来不备味精，但是女佣会偷偷地自掏腰包买一小包味精，藏在厨房的一个角落，乘主人不防，在菜锅里撒上一小勺。她的理由是："不加味精不好吃嘛！"

白肉

白肉下酒宜用高粱。吃饭时另备一盘酸菜，一盘白肉碎末，一盘腌韭菜末，一盘芫荽末，拌在饭里，浇上白肉汤，撒上一点胡椒粉，这是标准吃法。

白肉，白煮肉，白切肉，名虽不同，都是白水煮猪肉。谁不会煮？但是煮出来的硬是不一样。各地的馆子都有白切肉，各地人家也都有这样的家常菜，而巧妙各有不同。

提起北平的白切肉，首先就会想起砂锅居。砂锅居是俗名，正式的名称是“居顺和”，坐落在西四牌楼旁边缸瓦市路东，紧靠着定王府的围墙。砂锅居的名字无人不知，本名很少人知道。据说所以有此名称是由于大门口设了一个灶，上面有一个大砂锅，直径四尺多，高约三尺，可以煮一整只猪。这砂锅有百余年的历史，传说从来没有换过汤！我想这是不可能的事，那样大的砂锅如何打制，如何能经久不裂，一锅汤如何能长久不换？这一定是好事者诌出来的故事。这馆子专卖猪肉和猪身上的一切，可以做出一百二十八道菜色不同的猪全席，我一听就心里有点怕，所以一直没去品尝过，到了一九二一年左右由于好奇才怂恿家君一同前去一试。大锅是有一只，我没发现那是砂锅。地方不算太脏，比我们想象的要好一些。五寸碟子盛的红白血肠、双皮、鹿尾、管挺、口条……我们都一一地尝过，白肉当然更不会放过。东西确是不错，所以生意兴隆，一到正午，一只猪卖完，迟来的客人只好向隅明日清早了。究竟是以猪为限，格调不高，中下级食客趋之若鹜，理所当然，高雅君子不可不去一尝，但很少人去了还想再去。

我母亲常对我们抱怨说北平的猪肉不好吃，有一股臊臭的气味。我起初不信，后来屡游江南，发现南北猪肉味是不同，大概是品称和饲料不同的关系。不知所谓臊臭，也许正是另一些人所谓的肉香。南方猪肉质嫩而味淡，却是真的。

北平人家里吃白肉也有季节，通常是在三伏天。猪肉煮一大锅，瘦多肥少，切成一盘盘的端上桌来。煮肉的时候如果先用绳子把大块的肉五花大绑，紧紧捆起来，煮熟之后冷却，解开绳子用利刃切片，可以切出很薄很薄的大片，肥瘦凝固而不散。肉不宜煮得过火，用筷子戳刺即可测知其熟的程度。火候要靠经验，刀法要看功夫。要横丝切，顺丝就不对了。白肉没有咸味，要蘸酱油，要多加蒜末。川菜馆于蒜酱油之外，另备辣椒酱。如果酱油或酱浇在白肉上，便不对味。

白肉下酒宜用高粱。吃饭时另备一盘酸菜，一盘白肉碎末，一盘腌韭菜末，一盘芫荽末，拌在饭里，浇上白肉汤，撒上一点胡椒粉，这是标准吃法。北方人吃汤讲究纯汤，鸡汤就是鸡汤，肉汤就是肉汤，不羼别的东西。那一盘酸菜很有道理，去油腻，开胃。

图书在版编目（CIP）数据

于是生活像极了生活 / 梁实秋著. -- 北京 : 中国友谊出版公司, 2022.6（2023.12重印）
ISBN 978-7-5057-5486-7

Ⅰ. ①于… Ⅱ. ①梁… Ⅲ. ①散文集 – 中国 – 现代 Ⅳ. ①I266

中国版本图书馆CIP数据核字（2022）第086893号

书名 于是生活像极了生活
作者 梁实秋
出版 中国友谊出版公司
发行 中国友谊出版公司
经销 北京时代华语国际传媒股份有限公司 010-83670231
印刷 唐山富达印务有限公司
规格 880 毫米 ×1230 毫米 32 开
8 印张 150 千字
版次 2022 年 6 月第 1 版
印次 2023 年 12 月第 5 次印刷
书号 ISBN 978-7-5057-5486-7
定价 42. 00 元
地址 北京市朝阳区西坝河南里 17 号楼
邮编 100028
电话 （010）64678009